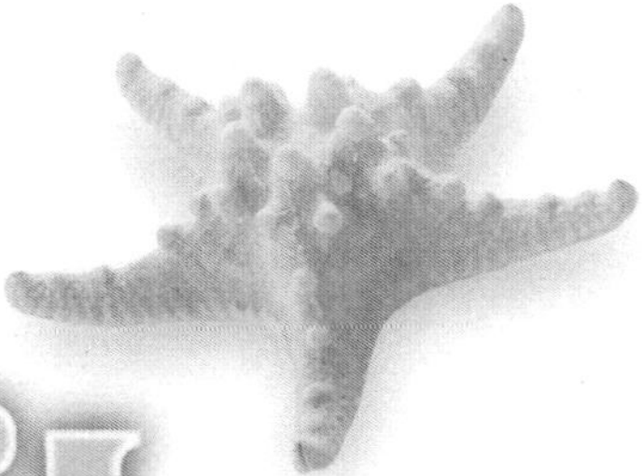

與我同心

蔡惠美 著

目次

第一章

魯孺人獨自坐在會客室等待應徵工作的結果，任何一人都可由她粗喘的呼吸和不停抖動的雙手看出她的焦躁不安，即使她不停的在心底默禱也無法揮去那股恐懼感。

走了一整天到處應徵，飢餓再加上疲累，她已經無法清醒的思考了。大學肄業、毫無工作經歷，再附加一個特別的要求，難怪她會到處碰釘子。

她無意識的轉動手錶，眼看快到下班的時間了。今天的最後一個機會。雖然剛才的人事經理顯得既親切又慷慨，說是會盡力的為她爭取。可是……決定權在總經理的手上啊。

※　※　※

羅大新走進他的表弟兼上司的辦公室，沒瞧見公文堆積如山的辦公桌後的人影，卻聽見裡間娛樂室裡傳出的聲響，心中暗叫不妙，運氣不太好。他這個表弟總經理有個習慣，每當心情鬱悶或憤怒時，就會放下一切事務跑來打撞球或者開快車。因為他要藉助撞球所需的冷靜或賽車能滿足洩憤的快感來轉移情緒。

大新悄悄不出聲的站在門邊看，男主角尚未察覺身後有人，正專注的準備開另一局花式撞球。

大新永遠也忘不了幾年前他到機場接留德十年後回來的表弟時，那一剎那的驚愕與心痛的感覺。原先那個總是活潑亂跳、一刻也不得安寧的小男孩不見了，變成一個冷靜、不露情緒的大男人。即使回台這些年來兩人齊力為公司奮鬥，長時間相處在一起，這個表弟也從不說在德國的生活點滴。他的冷漠表現在父親的葬禮上更徹底，從過世到出殯，他從頭到尾沒流過一滴眼淚，甚至律師宣佈遺囑後，他也不想查明父親究竟留給誰兩億元，一心只想著要如何把家庭企業經營好。

方淨德一出桿，幾經碰撞九號球就進了底袋。大新忍不住擊掌讚好。

「好球！我看你才應該是真的冷面殺手，你沒參加職業撞球真是太可惜了。」

淨德已學會不要在意別人的褒貶，所以他不動聲色的說：「職業撞球太沒有挑戰性了，只要管好自己的情緒、保持水準就行了。因為缺乏不安定的因素，所以不夠刺激。」

因此，他才會如此熱衷商場的工作嗎？大新無法肯定。這也不是他想繼續討論的主題。

「你說這話未免太過自傲了吧？我倒認為你這一桿純粹是好運罷了，也可能是有好事降臨的預兆哦。」

淨德察覺到表哥語氣裡的興奮，他忍不住被挑起了好奇心。不過他還是故作無動於衷的說：「是嗎？會有什麼好事？」

「我已經決定好了新的總機小姐。」

淨德奇怪的瞄了表哥一眼，這種小事何需報告？他不出聲，繼續的排下一局球。

大新推推鼻樑上的眼鏡謹慎的說：「這位小姐很優秀。可是她有一個很特別的要求，需要你的同意才行。」

淨德挖苦的說：「怎麼？她要求有個專屬的私人化妝間嗎？」

大新笑了笑。「不，不是這種無理的要求。她是希望能預支薪水。」

「員工貸款也得要先做滿三個月才行啊。」

「我知道。所以我才說是特別的要求。」

「多少？」淨德伏下身瞄準，準備出桿。

「一百萬。」

淨德一向冷靜的臉沒有破功，但是他倏地起身的動作仍然洩露了他的驚訝。「你答應了？」

「不敢。小的特來請教大人裁示。」

「哼。」淨德不理會他的嬉皮笑臉。「大嫂說得對。你自從有了女兒以後，心軟得非常沒有原則。」

「沒的事。只是她很投我的緣。」

淨德心疑的抬了抬眉頭。「哦？為什麼？」

「因為她的眼神和你的一樣。」

淨德像在看外星生物般的瞪著大新。他知道這幾年大新一直認為他太缺乏人性，待人做事都太過理性了。所以試過各種方法要他學著放鬆情緒，即使是發發酒瘋也好過機器人般的性格。但是，他可不認同冷靜自制有什麼不好。因此，他立刻收復臉上的失神。

「眼神？看來我一定得抽個空撥電話給大嫂，請她把她的文藝小說收好，免得污染了我最重視的精英幹部。」

「千萬別這樣。文藝小說至少教會了我怎樣去討好老婆。不過我還是希望你先見見這位小姐。我喜歡她是因為你們都屬於同一種人，你們都是保護者。」

「保護者？那是……圓桌武士的一種嗎？」淨德故意扭曲著臉調侃表哥。

這一回換成是大新嚴肅無比。「沉默、堅強，可以為了家人、朋友犧牲一切。」

淨德不喜歡和人討論他的性格，他背向大新，假裝無所謂。「被你這麼一說，我彷彿成了怪獸守護神。至於家人，我可沒那麼仁慈。剛剛兩位大姐夫才來抗議我刪除了他們申請的公關費，順便要求我去追回我爸遺產中那下落不明的兩億元。還建議我有空去看看骨科，看是不是胳臂向外彎。」

難怪他會心情惡劣。大新知道他其實是很重視家人的感情，即使他的情感受傷、被人誤解，他也不會向人訴苦。

淨德是方家遲來的獨子，上面有三個大他十幾歲的姐姐。大女兒、二女兒結婚時，家中的事業剛具雛形，所以嫁的是平凡的貿易公司的職員，只有小女兒獨具慧眼，鍾情於完全沒有商業氣息的國中老師。後來淨德的父親準備放手一搏擴大經營時，便延攬兩位女婿為家族事業共同奮鬥。當然，兩人也竭盡所能的為自己在家族事業裡掙得一席之地。淨德在國小畢業後即被父親送往德國讀書，培養日後接掌企業的能力。

兩個月前方家的龍頭心臟病發辭世，方老夫人任名譽董事長，淨德為實際行政的總經理。兩位大姐夫看他年紀輕、經驗少，打心底不服氣。除了日益增多的交際費不說，整天在公司無所事事，甚至強奪底下職員的功勞。淨德也知道職員們怨聲載道，所以他決定要不顧私情，秉公處理，一切以公司利益為重。

大新提出一直放在心中的疑問。「你想，姨丈是不是被人勒索？」

「不可能。如果我爸有什麼把柄落在別人手上，他一定會先警告我們要小心防範。更不可能是給別的女人，我爸最瞧不起貪戀女色的人。他總說好色之徒難成大事。」

「說的也是。姨丈堪稱是本世紀的柳下惠。那現在這件事怎樣？你不想先看看她嗎？」

「既然您這麼大力推薦，我豈能錯過納賢的機會。」

兩人回到辦公室，大新迫不及待的趕去報喜。淨德坐回辦公椅，稍微整理了一下桌上雜亂的公文夾。聽到開門聲，他抬起頭來期待會看到一個美麗世故的女人，沒想到立在眼前的根本是一個小女生。像是一朵瘦高、孤挺的小白花，令人憐愛又……迷惑？是的。只要一對上她的眼睛，先前以為她弱不禁風的可憐印象便消失了。她的魅力全在那一雙眼眸，閃著誠實的和煦，黑瞳深得像是蘊藏無數強大寧靜、溫和的力量，宛如冬天的太陽、夏日的和風，輕易的引人沉醉其中，流連忘返。

孺人也顛覆了對淨德的觀感。她原希望總經理是個類似聖誕老公公的慈祥長者，現在事與願違，孺人才發現自己太過天真了。淨德的眼神不但太過銳利，顯得高深莫測，即使是斯文的舉止出自他的身上也像似掠食動物的悠閒與些許的孤獨。他絕不是可以用甜言蜜語哄騙的男人。眼下如意算盤破了怎麼辦？而且他到現在還是綳著一張臉不吭聲，她只好用眼神向人事經理求救。

孺人的小動作驚醒了淨德，他從抽屜裡取出一本私人的支票簿，開了一張即期的支票遞給她。「這拿到銀行馬上就可以領了，以後每個月領到薪餉，妳再拿給羅經理，他自然會轉給我。因為羅經理極力推崇妳，所以妳的貸款案是特例的，千萬別張揚，以免引起公司其他同仁的不滿，明白嗎？」

「是，謝謝總經理。」

孺人因感激而雙眼盈淚，顯得更加閃亮動人。淨德突然發現自己竟然無法承受那麼熾熱的眼神，全身忍不住煩躁起來。他故意無禮的揮手要孺人離開好平靜激動的心情。一旁大新洞悉的笑臉無異是火上加油。

「笑啥？臉不疼？」

「我笑啥？我有兒有女，還有一個美麗性感的老婆，人生如此，我爽啊！」

「你還敢說。她大學沒畢業，也沒工作經驗，這叫優秀？」

「咦？那你為什麼要答應？」

真是自討苦吃！淨德丟一個橡皮擦把大新趕出辦公室。大新不但不生氣，反而更高興。他早就知道淨德是刻意壓下善良熱情的天性。可惜他的姨媽就是看不出來，徒增母子之間的縫隙。現在他要趕快將這件事通知淨德的三姐淨心。

※　※　※

孺人做總機小姐的薪資是每個月兩萬五仟元。她準備將其中的一萬五還給淨德，剩下的一萬元當然不夠家中父母、一個妹妹、兩個弟弟的生活費用。幸好父親還領有榮民津貼。但是她仍又找了一個晚上兼差的工作，以免家裡都沒有餘錢可做緊急備用。

找什麼工作好呢？當然時間不能太長，否則會連累到白天的精神。最好是工作輕鬆，報酬也不少，這麼一來想腳踏實地的苦幹就有些困難了。說真的，若不是擔心帶壞弟妹們，眼前家中突然陷入苦境，她真有股衝動想一咬牙出賣自己，只求家人早些遠離苦海。

現在她白天在公司上班，晚上又到酒廊兼差當純服務生。因為白天的工作休假正常，所以即使平常很累，到了星期日都可以把精神補回來。週六晚上，她接到好友倚光的留言，隔天便帶著最小的弟弟明賢到速食店赴約。

倚光熟知孺人的家庭情況，一見面就先向明賢問好。「明賢，好久不見。最近乖不乖？」

九歲的明賢因為小時候半夜突然發高燒，雖然送醫急救搶回了一條小命，可是神智也丟了一大半，到現在還是無法正常的上學。

「倚光姐姐，我很乖。我會玩撲克牌的捉烏龜了，是大姐教我的喲。」

「好棒哦，改天我們來玩，你要記得讓我哦。」

「我一定會的。」小男孩很慎重的定下承諾。

三人點好了餐，找了個二樓僻靜的角落坐，準備好好的長敘一番。

倚光先咬了一大口漢堡，才含糊不清的說：「妳先講，上班好不好？有沒有遇到喜歡的人？」

「上班還好，沒有以前想像中的辛苦，可是跟同事相處比較累。除了年齡差距外，就是他們都很忙，而且每一個人都是一副學有專精、自信能幹的模樣。相較之下，我覺得好自卑。」

「那妳到底有沒有遇到喜歡的人？」

「哪有那個心思？更何況層次差太多了。譬如說，我有一次在洗手間，聽到兩個會計部的小姐在討論下一次休長假準備到哪個國家玩，還說大部份的國家都去過了，實在沒什麼新鮮的地方可去。我當時聽了好羨慕，還好我只要再忍耐五年多就可以了。」

「虧妳這麼樂觀。咦？那個借妳錢的總經理呢？」

「他？自從借錢給我之後，就沒再跟我說過話了。」

「那妳不會主動找他說嗎？」

「這怎麼行？我們之間的階級差太多了，中間還有好幾層主管。所以平常除了上下電梯他會經過我的櫃檯之外，其餘的時間我根本很難見到他。而且，我把工作做好就好，幹嘛要跟他講話。」

「妳進了社會還是沒長進啊？」

「什麼意思？」

「我是說，既然妳的老闆對妳特別好，很有可能是對妳一見鍾情哦。」

「啊？別亂說了。又不是偶像劇，怎麼可能？妳不是尊稱我為太平公主嗎？」

「看妳說得多酸，那是玩笑話嘛。雖然離事實不遠。」

「什麼？」

孺人抗議性的嘟嘴，倚光趕緊嘻皮笑臉的安慰她。

「可是情人眼裡出西施啊。說不定他已經看膩大波霸了。」

這就是長女與么女的差別了——穩重與頑皮。孺人常常被倚光捉弄得哭笑不得。

「那個西施絕對不是我。因為我們總經理的祕書小姐可是我們公司之花呢。即使他不一定會娶千金大小姐，也輪不到我這個小妹。」

「那就想辦法搶啊！」

「搶？我是很感激他啦，可是還沒到喜歡他的地步啊。而且搶……，等等，這不像是妳的個性。發生什麼事了嗎？」

不愧是小學至今的好友，有心事也瞞不久。

倚光低著頭，彷彿如此就可以逃避現實。「我哥有女朋友了，是他醫院裡的護理師。」

「那……。」

孺人和倚光之所以能成為好朋友，有一個很大的原因是兩人都是養女。倚光的親生父母在她出生不久即將她托給現在的養母帶。年輕的夫妻一次給足三個月的保母費，然後相偕離鄉去工作。第一年還有固定寄錢給奶媽，後來聽說他們離婚了，不但沒有再寄錢來，也沒有人來抱孩子。正好奶媽在生第一胎時難產留下後遺症，從此無法再生育，而且倚光生得可愛又討喜，奶媽夫妻便到戶政事務所報為自己的子女。倚光算是少數幸運的棄嬰，全家寵她像是流落在民間的小公主。她也非常仰慕一直保護她的哥哥，從小就夢想著長大後能跟哥哥結婚。

「倚光……。」孺人握住她的手，給她無言的安慰。

「哥哥他……大概以為我還是小孩子吧，畢竟他已經三十歲了。所以……他才從來沒有把我當女人看。」

「也許是他覺得自己配妳太老了。」

「不會的。我從小就一直告訴他，長大了以後要當他的新娘。唉，他一定以為我是說著玩的。」

身為倚光的頭號密友，孺人最明白她的心事。

「我還記得讀國中的時候，有一陣子班上很流行問一個問題。如果妳和父母、兄弟姐妹，還有老公同坐在一條船上，船翻了，只有妳一個人會游泳，而妳只能救一個人，妳要救誰？那時候同學們都說要救老公，只有妳說要救哥哥。大家好奇的問妳為什麼，妳說因為不能讓妳們家絕種。當時大家都覺得妳的想法好好玩。」

「我當時只想得到這個理由啊，我不喜歡隨便讓人家知道我的身世。我從小到大什麼都不怕，因為我哥總是會陪著我、幫我解決問題，有他在我就覺得很有安全感，他是我的靠山哪。所以我決定要再一次慎重的向他表白。」倚光成功的自我催眠，馬上甩掉沮喪的情緒。「對了，說說妳在酒廊的工作如何？」

「嗯……，還好啦。我的運氣很好。聽說老闆的後臺很硬，所以規模很大，格調也蠻高尚的。客人的水準也不錯，不像電影裡的那麼恐怖。有時候，會有一、兩個酒品差的客人對服務生毛手毛腳的，但是小姐都會替我們解圍。」

「有沒有那種小姐為了男人而大打出手的？」

「當然沒有。雖然我很少和她們交談，但是我知道她們的規矩很多、很嚴格。」

「真無趣。妳都沒遇到什麼風塵奇女子嗎？」

孺人擠出滿含歉意的苦臉。「對不起，我才上班兩個月，能不能算是涉世未深？」

倚光又好氣又好笑：「妳啊，永遠這麼老實怎麼跟人家混？我真擔心妳這麼好講話，哪天就莫名其妙的被老闆拐下海。」

「不會的。妳放心好了，有人替妳看著我呢。」

「是不是妳的凱子總經理？」

「怎麼又提到他？他才沒那個空。他那麼嚴肅，我很難想像他會談戀愛。妳信不信？我這兩個月來還沒有看過他笑呢。」

「也許他在等妳融化他。」倚光一邊吃冰淇淋一邊說得漫不經心。

孺人先是楞了一下，爾後大笑不止。

倚光莫名其妙的眨眨眼。「妳還好吧？我可沒說笑話逗妳。」

「不、不是的。」孺人抹抹眼角的淚。「只是出了社會以後，我已無法再相信小說上的浪漫情節會出現在真實的生活中。就像酒店裡的小姐，每一個人都好快樂，一點都不悲情，沒有人在等待白馬王子的拯救。只有一個小姐比較沉靜，大家都叫她綠珠，真的是名符其實的大美人。她對我很好，都會替我爭取小費。也常勸我要小心，不要跟大家處太熟。」

「有人照顧妳我就放心了。不過，別忘了有困難時盡量來找我，千萬別做傻事。」

「是，董大小姐。」

第二章

隔天週一中午休息時，孺人依舊窩在公司吃著三明治配白開水的午餐。除了方便省錢以外，趁著公司沒人，可以睡個午覺補些精神留到晚上。她趴在桌上沉睡，室內的溫度因人氣不足而顯得微涼。孺人的潛意識雖然覺得身體在冷顫，但是強烈的貪睡慾戰勝了惡劣的環境。

她一直睡得香甜，朦朧中聽到有重物落地聲才醒來。她的睡眼惺忪在看到腳邊的男西裝上衣才猛然睜大。她趕緊拾起衣服拍拍灰塵，心裡納悶會是誰好心的替她蓋上？這淺灰色的西裝好眼熟……，今天誰是穿淺灰色的？

總經理……不會吧？若是慈祥和靄的羅經理還有可能，可是他今天穿的是黑西裝。

咦？桌上什麼時候冒出了一杯柳橙汁？真是太奇怪了。

她看看手錶還有十分鐘就要上班了，先趁大家還沒進公司之前，趕緊神不知鬼不覺的將衣服物歸原主吧。

她走近總經理辦公室才知道，還有人在搶時間工作。她輕叩三下玻璃門，淨德低沉的嗓音振得她的心兒砰砰響。她推開門，淨德頭也沒抬，專注的盯著電腦螢幕，好一會才瞄一眼來人。

孺人感到侷促不安，不知是否找錯主人。倒是淨德先開口，解了她的圍。

「衣服就擱在那邊的沙發上吧。別只顧著賺錢，自己的身體也要照顧好。」他說完又低下頭繼續專心的鍵入資料，好像處理公事般的完全不帶絲毫感情。

孺人離開前情不自禁的又回頭望，這一眼就看到他正舉杯喝柳橙汁。

柳橙汁！

她這一驚非同小可，整張臉紅得彷彿曬傷似的。她幾乎可以說是落荒而逃，也沒有注意到與她擦身而過的淨心。

淨德見到與他感情最好的三姐來訪，立刻放下工作起身相迎。

「姐，怎麼有空？」

「關心你啊。她就是新來的總機小姐？」

她就是？姐姐話裡的玄機讓淨德明白，一定是他那個熱心過度的表哥向她通風報信的。

「妳別多想，純粹是公事。」

「哦？那你一定是把她罵得很悽慘。」

「為什麼?」

「因為我看她是滿臉通紅的跑出去。這種情形不是挨罵就是……為情羞怯。」

淨德仰著頭，轉轉頭放鬆肩膀僵硬的肌肉，表情疲憊、語氣也非常厭倦。

「她只是一個剛出社會的小女生，還沒有穩定的性格，根本沒有資格談戀愛。老媽已經每天晚上打電話嘮叨我了，還有大新這個啦啦隊成天在旁邊搧風點火的，現在再加上妳。唉，姐，妳太讓我失望了。」

淨心仍是溫柔的笑著，她知道弟弟永遠不會生她的氣。她打開帶來的餐盒，裡頭全是淨德愛吃的三明治。「大新說你最近忙得三餐不定，只喝柳橙汁是不夠的。我知道你喜歡自由，我也不認為人一定要結婚。只是，我覺得你是個體貼的好男人，一定可以給一個女人最大的幸福。」

是嗎?曾經也有人對他說過這句話。那是好久以前的記憶，他都快要忘了她的長相了。

那一年淨德才十二歲，國小剛畢業立刻被父親送到德國讀寄宿學校。對一向被母親和姐姐們疼愛有加的他來說，最害怕的是孤單無依，他急切的尋求友情來彌補心中的空虛感。因此，當惡作劇的同學請他假日到家裡來玩時，他毫不遲疑的按地址前往。即使應門的是他生平所見過最醜陋的女人時，他仍鎮定的保持東方人恭敬的態度，謹慎的沒有露出絲毫厭惡、畏懼的表情。

進到佈置溫馨、整潔的小屋後，女主人馬上端出自己烘焙的精緻茶點，並親切的詢問他在德國的生活起居，這才讓他恢復到輕鬆自在。漸漸地，他被女主人慈愛的氣質吸引住，甚至忘了提起要拜訪同學的事。

這是淨德第一次見到英格。

隔天，在同學的哄笑聲中，他才明白事情的真相。原來英格是名無親無依的孤兒，尤其奇貌不揚，一直無人追求。長期的寂寞擊潰了她的矜持與道德心，為了一丁點虛偽的溫情，她經常會免費的招待男人過夜。

就算知道如此醜陋的事實，淨德一放假仍然往英格家跑。因為他瞭解英格只是一個和自己有相同需求的可憐女人。他省下平日的零用錢，買了各式各樣的小禮物，只為了逗英格露出和煦的笑容。兩個寂寞的人在一起，像是真正的家人。談談最近的遭遇，互訴個人的願望。

不久，學校當局聽到扭曲的謠言，趕緊請來方先生約束淨德荒唐的行為。方先生沒有任何責備的話，僅僅和兒子在宿舍靜坐了兩個鐘頭，隔天就搭機回台灣了。

那個週末淨德被學校處罰不得外出。星期一他在宿舍看電視報導地方新聞時，才知道英格自殺了。

翌日他收到一封信，是英格自殺前寄給他的。英格在信中誠實的剖析自己的軟弱。雖然她知道淨德盡量給她家庭的溫暖，可是那還不夠，她更渴望男人溫柔的擁抱。她相信淨德的體貼和柔情能使一個女人擁有最大的幸福，遺憾的卻不是她。

淨德哭了一夜。他知道英格雖然缺乏女性化的外表，可是卻比任何女人都浪漫。他不懂，為什麼英格有那麼多的愛心，卻沒有人懂得接受。難道多情不對嗎？

天亮之際，他的結論是英格太自卑、太懦弱了，只會付出卻不敢要求回報。所以他要變堅強，不再因得依賴任何人而委曲求全。

之後，他學會了適時的反擊，放棄了討好所有人的心態、放縱自己和朋友一起參與成長中會經歷的各種刺激。為了學習隱藏情緒，他迷上了需要冷靜的賽車和撞球，也利用賽車的刺激來發洩憤怒，用撞球來平靜不滿的激動。

※　※　※

「阿弟？」

淨德的回憶被姐姐打斷。

「你在想什麼？」

淨德的思緒轉回到現實。「這個女孩有什麼好？為什麼你們都這麼關心她？」

「傻瓜，我關心的是你。只要能讓你快樂，我不在乎她是誰。我並不認識她。不過，她能與你定下賣身契，用青春腳踏實地的換取金錢，應該是個好孩子。而且她的氣質純淨、舉止合宜，看來家教也不錯。但是我並沒有鼓勵你去追求她，畢竟像你說的，你們相差了至少七、八歲，思想上難免會有一段落差。重要的是只要你喜歡她，這些都不是問題。姐不希望你為了商業利益而結婚。」

「這不正是老媽所希望的嗎？」

談到母親，淨心才提到今天來的目的。

「媽現在比較希望你能多尊重兩位大姐夫。怎麼說他們都是前輩，而且內舉不避親，總是自家人才靠得住嘛。」

「姐，妳也知道我對家人的定義和感覺。他們必須得自己努力才能博得我的尊重和認同，否則就沒有資格讓我接納為家人。妳也不必把媽說的每句話都放在心上，我自有主張和分寸的。」

淨心本來就不喜歡當母親的傳聲筒，更不願意介入公司的業務。現在淨德表現得信心十足與強烈的責任感，使她驕傲有如此優秀的弟弟。

「晚上來家裡吃飯吧？那兩個被你寵壞的小丫頭很想你呢。」

大姐淨蘭、二姐淨玉都是生兩個兒子，淨心卻是一對千金。只有這兩個小公主能掃去淨德臉上的陰霾，逗他開心。在他的心目中，她們任何一個都抵得過其他四個被慣壞的外甥的總和。

「她們值得我寵。不過，我今晚有約了。一個德國的朋友來台灣出差，他說久聞台灣的酒國文化，想見識一下。我也順便邀請了高律師。前陣子為了爸爸的遺囑，讓他為難了。」

「嗯。我想劉伯伯一定是顧慮到媽會產生誤會，為了撇清關係，才把執行遺囑的任務交由底下的年輕律師來處理。看來這位高律師的前途不可限量哦。」

「是啊，他既專業又正直，我希望能有機會與他深交。」

「說到劉伯伯，我聽說他在爸的喪禮過後沒多久就中風了。我認為我們應該找個時間過去探望一下他老人家，畢竟他不只是爸的律師，還是爸的多年好友。而且……我想劉伯伯一定知道關於那兩億元的下落。」

「看望劉伯伯是應該的，但是我不想追問錢的事。妳也介意那兩億元的事嗎？」

「當然不是。爸辛苦了一輩子，他當然有權利任意使用自己的錢，我只是不明白他為什麼要瞞著我們，不把事情交代清楚不像是爸的作風。不過，爸平日裡為人那麼正直，大概是把錢捐給某個慈善機構吧。倒是你……你看看你，西裝外套沒穿、領帶沒打、袖子還捲得那麼高，一點也沒有總經理的樣子，反倒像是個大學助教，難怪姐夫他們會小看你。」

淨德不以為意的撇撇嘴角。「我做事的方法和他們的不同。他們太重視外表和派頭，我追求的是內涵。這幾天我一直在想法子逼他們改掉用應酬談生意的壞習慣。」

淨德剛回國時，父親擔心他以後接掌公司會被底下的人矇騙，所以先將他安插在工廠，從最基層的採購開始做起，然後再慢慢的往上遷升。當然，因為是繼承人的關係，在父親有心的栽培之下，他的高升速度是比一般人還快。只是，人算不如天算。父親一場突如其來的心臟病發作，讓他在工廠的課程還未畢業，就直升總公司的總經理了。

淨心知道弟弟正承受著龐大的營運壓力。偏偏姐夫們不滿遺產的分配和在公司的地位沒有提升的事，虛偽的謙稱能力不足，冷眼旁觀的看淨德因經驗不足和不熟悉業務而事倍功半的忙碌著。

淨心心疼地看著弟弟疲憊的臉，連吃個午餐都不起勁。這個時候她才怪自己為什麼是學音樂的呢？現在一點忙都幫不上。她在腦海裡搜尋最近得到的資訊，有什麼人是她可以推薦給弟弟，助他在事業上的一臂之力呢？

「我想到了一個人，你或許可以跟她合作。」

淨德抬起頭，不解地瞪著姐姐忽然興高采烈的臉孔。「合作什麼？」

「有一個人和你一樣，認為交際應酬既迂腐又增加財務負擔，還不一定能成交生意。她是去年才學成回國，善茂集團的龍大小姐。」

淨德故意細嚼慢嚥，緩緩的吞下嘴裡的牛肉三明治。「我覺得妳似乎是在貢獻一條一石二鳥之計。」

「不錯嘛，你的成語能力進步了。不過，你可別小看女人。媽說這個大小姐叫龍芳，稱得上是個美人胚子。就是事業心太重，讓很多優秀的單身漢碰了一鼻子灰。你不一定要把她當成是相親的對象，就當做是在做生意，多認識一些朋友總是好的。」

淨德放輕鬆的笑了。只有淡泊名利的淨心能夠瞭解、體恤他。

「說得也是。或許在她眼裡，我也只是個平凡、市儈的商人吧。」

※　※　※

為了晚上的約會，淨德和大新今天是準時下班。反倒是孺人一整個下午都是莫名其妙的心慌意亂，到現在還在整理表格。不過，她一看到上司就馬上起立點頭，維持莊敬的態度。

淨德仍舊是面無表情的在等電梯。大新比較好動，他仗著抓住了淨德的小辮子，愉快的走向孺人。

「總機小姐今天特別漂亮哦，是不是有什麼美容祕方？」

孺人囁嚅的反問：「美容祕方？」

「比方說……柳、橙、汁？」

大新笑得賊兮兮的，淨德依舊不動如山。孺人不打自招的窘得不敢抬頭，等聽到電梯鈴聲，人走後，才慌忙的快速收拾，好趕上下一個班。

在電梯裡，淨德憑著身高優勢，一直仰著頭，不理會表哥的促狹。大新卻不肯放過這難得的機會，執意要玩草蜢鬥公雞的遊戲。

「討厭，你怎麼都不理人家？」

大新裝得嗲聲嗲氣的。淨德其實很想笑，但是他強忍著不讓大新的把戲得逞，否則以後休想有清靜的日子可過。他閃過身，避開大新纏上來的雙手。大新則是不達目的絕不休止，非要逼出表弟的真心話。

「來嘛，跟人家說說話呀。」

兩人在拉扯時，淨德一不小心失去平衡，連帶拖著大新跌坐在地上，摔成一個曖昧的姿勢。此時，『噹』的一聲，電梯門開了，外面站了一排等侯的人群。

時間靜止了三秒鐘。

即使總經理的顏面掃地，淨德仍然若無其事的起身，調整外套，拍拍灰塵，瀟灑的步出電梯。大新跟在後面笑得樂不可支。

淨德沒好氣的斜睨他一眼。「這下子你滿意了吧？」

「不夠、不夠，人家還要親親。」

大新很敬業的演到底，終於把表弟逗笑了。

「真受不了你，大嫂怎麼會嫁給你呢？」

「哈，她才喜歡這種性別顛倒的遊戲呢。沒結婚的小孩子是不會懂的。」

大新總愛刺激表弟尚未結婚，就是小孩子。他的目的已達成，得意的搖搖擺擺的走向自己的車子。

孺人連晚餐都來不及打理就趕著上晚班。她不敢怠忽的先換制服、排好杯子、整理吧臺、小菜裝盤、清出垃圾、打掃洗手間。她依序最後才清潔員工專用的洗手間，穿過小姐們休息的化粧室時，綠珠溫柔的叫住她。

「還沒吃晚飯吧？」

孺人羞赧的點點頭。

「我看妳一直摀著肚子，大概是肚子餓。正好我多買了一份壽司，給妳。」

「可是……。」

「先吃吧。裡面的廁所是我們自己人在用的，一天不打掃也沒關係。」

綠珠是店裡的紅牌小姐，平常不愛和人爭寵，工作上盡量的配合指派，與客人廣結善緣，連經理也敬她三分。所以孺人放心的坐下來充飢。

「慢點，別急。」

「謝謝綠珠姐，妳對我真好。」

孺人真摯的仰慕，牽扯出綠珠淡淡的微笑。

「因為妳……讓我想起我的妹妹。」

「咦？」

綠珠點了一根煙。「我妹妹……從小就是逆來順受、很貼心也很懂事。長輩們都誇我漂亮，卻是最疼她。」

綠珠的眼神顯得迷濛，隱約的浮上淚水，不知是思念或苦澀。孺人不敢出聲，食之無味般靜靜的咀嚼。經理突然插入的聲音，打破了哀愁的氣氛。

「綠珠，一〇七室有三個客人了，其中還有一個外國人。麻煩妳先去招呼一下吧。」

「好，我就來。」綠珠熄掉香煙，立刻起身。

經理看到孺人，斥責一句：「還吃？趕快先送毛巾、菜單啊。」

綠珠按下孺人，看向經理。「先讓她吃飽吧。晚上她還得走動七、八個小時呢，沒有體力怎麼行。客人那邊我先應付就行了。」

經理滿意的離去。孺人不敢耽誤，一邊盡量把壽司往嘴裡塞，一邊準備東西。人走到一〇七室的門口時，正好吞下嘴裡最後一口壽司。她謹守服務生的本分，絕不可以舉止招搖，以免搶了小姐的丰采。所以她總是低著頭，保持著恭敬的態度。一進入室內就直接走過去，蹲在桌邊。先挪挪客人的酒杯，設定各人的活動範圍，順便奉上一條濕手巾，然後收起盤子，靜立在一旁。等著小姐向客人推薦小菜和點酒，再一一記錄，準備上菜。

她從頭做到尾完全不知道有兩雙錯愕的眼睛死盯著她。綠珠注意到客人的眼光，猜出來客大概是認識孺人，但是應該不是家人之類的，否則早就掀桌子罵人了。她想先譴走孺人，以免她尷尬。不料孺人正在奇怪這批客人怎麼如此安靜，半天不吭聲的。她好奇的吊白眼往上瞟。

哇！她心底大叫一聲。摔掉了盤子，人也連退三步。怎麼會？竟然是總經理和羅經理。

「我……我……。」怎麼辦？應該要趁現在解釋清楚，避免誤會加深嗎？可是……。大新已經低下頭，顯得很難過，好像覺得自己是個教育失敗的慈父。而淨德則是直接別開臉，表達的是失望與不屑。

孺人的淚如千斤重般的直落深淵，顧不得此舉是犯了工作上的大忌。綠珠看著陷入僵局的三個人都沒有進一步的動作，便假裝視若無睹，神色自若的撿起地上的盤子，溫柔的將孺人撇到身後，推她離開。

「各位經理，真不好意思。我們這位小妹妹是新來的，對很多事情還很生疏，請您們不要見怪。」

孺人恍恍惚惚的跑回已經無人的休息室，靠在角落哭泣。好一會兒，綠珠才有空過來安慰她。

「好了，別難過了。在這種人來人往的場所，難免會遇到熟人。」

「可是……他們不一樣。」孺人哭得抽抽搭搭，語無倫次的。「他們是我的老闆和經理。他們……一直對我很好，借……借我錢，還……給我工作。他對我很好，叫我不要太累，我是說總經理，他一定以為我是在誠實的上班。」孺人頓了頓，才發現自己的話有語病。「綠珠姐，對不起……，我這話不是有意要侮辱妳的。」

綠珠笑得既勉強又感傷：「沒關係。做我們這一行的，既然敢做就不要怕被人批評。」

「綠珠姐，妳不要這麼說嘛。我真的很抱歉。」

「沒事，不要放在心上。妳不是也有自己的煩惱嗎？」

「我……我要去向他們道歉，並且解釋清楚。」

「不行。他們在招待外國人，也許是要談很重要的生意。明天妳到公司再找機會吧。既然先前他們如此器重妳，我相信他們一定也能體諒妳的苦衷。」

「可是……。」

「別可是了，趕快把眼淚擦一擦吧。妳這個樣子如果被經理看到了，他又有話說了。」

說曹操，曹操就到了。「大小姐，妳在這？一〇七室又來了一位客人，還有一一六、二〇八的都在等妳轉呢。」

「好，我就來。」

綠珠故意站在孺人前面整整衣服，好避開經理的耳目，幫她逃過一頓挨罵。剩下的夜晚，靠著綠珠的掩護，孺人跳過一〇七室，忙碌的穿梭於其他包廂。

但是，天終究會亮，命運中該發生的事是無法避免的。

第三章

隔天孺人一上班就忐忑不安的等著被罵一頓，或是直接收到開除的命令。她坐立不定，隨著時間過去，體內的壓力越積越沉，好幾次她都想放聲大叫，把緊張的感覺和所有的委屈迸出體外。

總算捱到中午了。可是只有秘書小姐匆匆忙忙的進出一趟，買了一袋便當。除此之外，一直到了下班時間，她都沒有看到淨德或大新離開公司經過她的櫃檯。連秘書小姐也沒有再出現。

看樣子，總經理真的很忙，是她太小題大作，高估了自己的重要性。公司要處理的事情太多了，說不定總經理完全沒空想到她。柳橙汁又怎樣？也許祕書小姐已經喝過上百回了。

孺人的胡思亂想引來了莫名的瞋怨，惹得自己一整天不愉快，食慾不振。既然沒心情吃飯，她早早的就到酒店，希望借助工作來轉移情緒。結果有人比她更早到。

綠珠坐在休息室，看著鏡中的自己出神地抽著煙，兩池眼淚泉水即將氾濫。聽到開門聲，她低下頭快速地眨眨眼，露出職業笑容面對來人。

「啊，是妳？怎麼樣，沒事吧？」

孺人無力的搖搖頭。「我不知道。我今天只看過他一次，就是他上班的時候會經過我的櫃檯。後來他大概一直在忙吧，中午也沒有休息，也許現在還沒有下班呢。」

綠珠反而點點頭：「嗯，沒有消息就是好消息囉。通常升官獎勵都會保密到最後一刻才正式發佈，可是懲罰卻是快速、直接又致命。所以，我想妳也不用擔心，工作應該還保得住。」

「我並不是在擔心會被開除，反正工作再找就有了。而是……。」孺人突然嗆了一聲，眼淚就像是等著出閘的大水，傾瀉而下。「我……我很難過，是……是我讓他失望了。」

綠珠驚愕地微張著嘴，久久想不出試探婉轉的話，只好直接丟出一顆炸彈：「妹妹，妳……愛上了妳的老闆吧？」

「啊？」孺人停止了哭泣，頓了一下才猛搖頭。「不、不、不，才沒有呢。我是說，我的老闆是個很有能力、很有自律力、品德高尚的人，所以，他對屬下的要求也很高。而且，他的條件那麼好、性格那麼成熟，他一定……。」

綠珠直接摀住孺人的嘴巴，打斷她緊張的辯解。「因為他的條件比妳好很多、因為他的要求很高，所以妳、不、愛、他？」

孺人冷靜下來，心虛的瞄瞄綠珠，才低下頭，聲如蚊蚋。「我不知道。於公於私，他都是個好人。我希望能受到他的重視，能永遠在他的身邊，即使是遠遠的看他也好。至少在心情不好的時候，我能夠想想他，把他當成是個精神支柱。」

「可憐哪，這愛得還不淺呢。」

「是嗎？這是愛嗎？可是我每次一看到他都好緊張，然後腦海就一片空白，老是答非所問，像個超級大傻瓜似的。」

此時陸續有小姐走進來準備上班，有的先上粧，有的先解決民生問題。

綠珠慈愛的撥弄孺人的頭髮，像是慈母面對情竇初開的小女兒。「這是弄巧成拙。有時候太想表現反而無法發揮實力。不過，我認為妳把他供奉得太崇高了。白馬王子並不等於是十全十美，如果妳不改變這個想法的話，妳會永遠自認追不上他、配不上他，那豈不是要苦戀一輩子嗎？」

「可是……，即使我喜歡他，他也會喜歡我嗎？」

「唉，就是這一點讓很多人由愛生恨，變得瘋狂、醜陋。」

綠珠停了一會，還來不及再說下去，休息室的門就被人粗魯的撞開，衝進一個花枝招展的大活寶。

「哈囉，各位姐妹們大家好，好久不見了。」

綠珠和孺人順勢看過去，結束了兩人之間的談話，轉而沉默的在一旁當觀眾。

這個樂觀、粗線條的傻大姐，花名叫可可，原來是店裡的小姐，後來被某個大少包走了。

「可可，妳被拋棄啦？昨天妳的恩公還來呢。」

可可的笑臉立刻大驚失色。「昨天？他常來？」

姐妹們互相探尋。

「常來？沒有吧。他本來就很少來，自從把妳包走之後就沒來過了。昨天是因為還帶著一個外國人呢。」

綠珠和孺人兩人面面相覷，不敢出聲。

難道那個大少是……。不會吧？他看起來冷酷得好像沒有七情六慾。

「可可，妳放心，他昨天規矩得很。看不出妳這小妮子還真有兩下子，把他馴得服服貼貼的。」

「對啊，聽說他還是大公司的小開。哇，不得了了，妳只要想個法子懷孕，就可以化暗為明，麻雀變鳳凰了。」

「可可，到時候妳可別忘了我們這些姐妹淘，我們還期望妳能多多提拔呢。」

四面八方的諂媚之詞轟得可可羞愧加苦澀。不過，可可的可愛之處在於她的率真、沒有心機，所以她很老實的招認。

「其實我們只在一起一個月就分手了。」

眾姐妹皆目瞪口呆了三秒鐘，然後像好幾串同時點燃的鞭炮，劈里啪啦響。

「妳這個大笨蛋！那樣的青年才俊，妳才只抓住了一個月？」

「妳這個大白痴！他是繼承人耶。妳好歹也撐久一點，多撈一些才對啊。」

可可現在的處境如同接受質詢的官員，砲聲不斷，而亂了辯解的委屈。

「哎呀，妳們根本就不知道，沒有那麼簡單啦。」

「有什麼難的？要討男人歡心還不簡單。凡事順著他的意思，再多撒點嬌就好了嘛。」

「他不一樣啦。」

「哇，超級八卦內幕，快說快說。」

「他雖然是自己一個人住，可是都不肯讓我知道他住在哪裡，每次都是他主動來找我。而且他不喜歡說話，大部份的時間都在看電視。」

「鎖碼台？」

可可悲哀的搖搖頭。「他看的節目都好無聊、好奇怪。他最喜歡看外國新聞，又沒有字幕，我根本聽不懂。還有什麼撞球啦、外星人、消失不見的古代王國，再不然就是動物奇觀。對、對、對，他很愛看恐龍，超級愛看的。」

「很正常啊，標準的男人。」

「無聊死了。我都看不懂。」

「真是笨，妳不會問他？」

「問啦，我問過兩次。可是他解釋得好深奧，我越聽越迷糊，以後再也不敢問了。」

「那妳有沒有試過別的方法？比如抓住他的胃？」

「拜託，我只會煮蛋花湯而已耶。不過，他有一次煮宵夜給我吃呢。」

「什麼？妳再說一次。」

「他煎的荷包蛋好好吃哦，蛋心八分熟滑嫩嫩的。他還會用辣蘿蔔乾煮湯麵，噢，那個湯頭真是棒極了。」

說到吃，可可立刻忘了被拋棄的痛苦。

「天哪，妳這還算是女人嗎？難怪留不住人家。」

「也不能這樣講啊。他會煮東西給我吃，表示他也有愛我啊。」

「是哦。你們的愛還真短命，只有一個月而已。」

小姐們落井下石的哄堂大笑了一陣，繼續又提出問題。

「對了，妳還沒有講到重點。他的那個好不好？」

說到這個，可可黯淡的心情又亮了起來。

「嘿嘿，關於這個嘛，會讓妳們嫉妒死。他是我遇到過最溫柔體貼的，和他酷酷的外表完全不一樣。比妳們上次在我的生日的時候送的那個牛郎好太多了。可惜啊，他都不接吻，否則感覺一定更棒。」

「這麼聽來，可可，妳不但不該收人家的錢，反而應該要倒貼他才對。」

小姐們又一陣大笑，各種限制級的笑話紛紛出籠。

「姐妹們，下回他再來記得要多加把勁，像這種有錢賺又可以作樂的事，千萬別錯過了。」

其實在那一個月當中，可可和淨德只有在第一天有過一次肌膚之親。而且事後淨德似乎立刻感到很後悔，久久不肯說話。之後，他每個星期只到她的公寓一趟，每次的樣子都無奈得好像是在履行離婚協議，不得不探視已經沒有感情的前妻似的。遲鈍得如可可也知道，淨德是在後悔包養她。可可觀察淨德痛苦的眉頭，倒不像是在嫌棄她，而是自責自己不該衝動的行事。所以，她從不主動勾引他。是因為感謝他顧及她的感受，強迫自己每個禮拜來陪她一天，沒有棄她於不顧。

後來他們分手時，淨德又給了她一筆錢，希望她能找個規矩的工作。她也真的被他的誠意所感動，到電子工廠上班。只怪她太不爭氣，做不到一個小時就腰酸背痛的，趁著休息時間便落跑了。她怕撞見淨德，不好意思馬上回酒店上班，四處遊盪把身上的錢花光了，還是又走回頭路。

可可看姐妹淘興奮的樣子，不忍說出這最重要的事，以免掃了大夥兒的興致，就讓她們懷抱著夢想過日子比較快樂。

綠珠轉過臉對著孺人：「現在看到妳心目中守護大天使的真面目，應該不會再難過了吧？」

孺人還沒從震驚中恢復，對淨德的尊敬變得有些模糊。不過，她的直覺認為淨德絕不是好色的俗人。她喃喃地自語：「不是……應該不是這樣子的。」

綠珠的腦海裡閃著一個惡作劇：「我有一個主意可以解決妳所有的問題。」

「什麼？」

「既然妳欠他錢、欠他恩情，私底下又愛慕他，乾脆妳去向他毛遂自薦，當他的情婦來抵債，順便還能解解妳的相思之苦。一舉數得啊。」

孺人壓根兒沒動過親近淨德的念頭，乍聽之下立刻羞得結結巴巴。「我……我……我才不要呢。那個……那個……。」

「好啦、好啦，真是可愛的小處女。」綠珠逗著孺人開心，暫時忘了自己的煩惱。

隔天，孺人打定了主意。她將淨德排除在外，因為他本來就是不喜形色。可是，如果連大新都無法恢復以前對她親切的態度，她就要主動道歉、解釋。否則這種提心吊膽、遭人窺視、審判不知何時降臨的壓力，她快受不了了。

她引頸企盼了一個上午，終於在下午上班前攔截到隻身走進公司的大新。

「羅經理，請等一下。」

大新是停下了腳步，可是臉上沒有孺人熟悉的談笑風生，替代的是嚴肅、陌生的苦臉。

「什麼事？」

孺人的心雖然先涼了半截，還是鼓起勇氣往前衝。

「請問那天晚上的事，我會受到什麼樣的處罰？」

大新的表情是完全忘了此事。「那天晚上的事？啊，妳一直在擔心這個嗎？」

孺人小心翼翼的點點頭。

「這個……，總經理並沒有任何的指示，所以我想應該不會有事吧。」

「總經理……是不是很生氣？」

「總經理並沒有與我討論過這件事，所以我不清楚總經理的想法。」

「那您呢？」

「我？嗯，我認為妳把白天的工作做得很好，所以妳會在晚上兼差，一定是想要趕快還清債務。但是站在公司的立場，為了維護公司的聲譽，我希望妳能試著換個不同工作性質的兼差。」

「您還是很生氣囉？」

大新看著孺人既期待又怕受傷害的表情，終於明白她的心事。

「我不是生氣，我是很難過。以一個大哥哥的角度來說，我很喜歡妳。因為我相信妳是個好女孩，是值得人疼愛的小妹妹，所以我不忍心看妳陷在那樣的環境裡。我的想法是很大男人主義的，對於我家族裡的女性成員，包括我太太、姐妹、女兒，我會盡我最大的能力保護她們，不讓她們見識到社會的黑暗面。我希望她們能永遠保持善良、純潔的個性。我也認為任何問題的解決之道，絕對不只一條路。妳懂我的意思嗎？」

孺人當然懂。她為了取巧而走捷徑，沒想到大新對她的期望這麼高，這麼愛護她。她慚愧的泣不成聲。大新掏出自己的手帕遞給她。

「不要太自責了。妳有妳的難處，我不應該說這麼多的。是不是有句話說，男人不該讓女人流淚？」

孺人明白大新又在表現他愛取笑人的個性。

「這句話不適用在我們的關係上。而且，不是只有傷心難過才會哭。」

「嗯，我一直認為女人比較聰明，因為妳們的思想比較複雜。比如說，哭不一定就是哭，高興會哭、生氣也哭、耍賴更會哭。咦，妳現在是生氣還是高興啊？」

孺人被他逗得進退兩難，一時忘了他是上司的身份，自然的用手輕拍他的臂膀。

「羅經理，你好討厭哦，故意糗人家。」

天底下的誤會大多是巧合引起的。孺人這個有欠端莊的動作，恰好被剛走進來的淨德和祕書小姐撞見。淨德的反應是淡得幾乎沒有，彷彿公司裡每天都有男上司與女下屬打情罵俏的場面出現，見怪不怪的。而祕書小姐的表達能力就犀利多了。她那個不屑的眼神，連帶著強烈的質疑，瞪得孺人抬不起頭來，好像小偷當場被人逮到般的難堪。

大新卻是樂不可支，他希望這個插曲能夠激出一點淨德的嫉妒之心。因為淨德的行事謹慎得一絲不苟，一板一眼得足以比美機器人。完美、乏味、沒有人性，他完全不懂有的時候出點小差錯，反而能製造意想不到的樂趣。

大新帶著貓捉老鼠似的好心情走進淨德的辦公室，很高興的看到淨德正凝視著窗外，心有煩事。他面帶奸臣準備獻計的諂媚，聲音不自覺的也高了許多。

「你在為剛才的事生氣嗎？」

淨德轉過頭，一臉的茫然。「剛才什麼事？」

大新瞬時變臉。「噢，沒事。」

「我在想我們準備和善茂集團合作的方案，似乎……少了什麼，我擔心不夠吸引對方。你覺得呢？」

「我覺得你不是人。」

「什麼？」

「沒什麼。是我想太多了。」

大新覺得自討沒趣，轉身要走。

「別急著走，我要跟你商量一件人事異動案。」

「你的心裡就只有工作嗎？」

「那可不？先有江山，自然就有美人了。」

美人？有希望。大新做了一個漂亮的回身動作。

「哈，原來你是在跟我嘔氣。乖寶寶，快把你心裡的話統統告訴我，我什麼都答應你。」

「你到底想知道什麼？」

淨德在心底偷笑，大新已從獵人變成了獵物還不自知。

「當然是和總機小姐有關的事。」

「哦……那件事啊？我承認在處理這件事時存有私心。今天換成是別的員工，我會立刻請她另謀高就。不過，這個總機小姐的情況不一樣。一開始她就背負著龐大的債務，如果我依公司的規矩辦事，很可能會逼她墮落，做起真的陪酒小姐。這樣一來，當初我們幫她的美意就白費了。」

「嗯，我已經暗示她換個兼差的工作了。」

「很好。我就知道在工作上，我不能沒有你。下週一開始，你調回開發部歸隊。」

淨德說得自然又順暢，大新愣了一下，還沒意會過來。

「你最後一句說什麼？」

「我要讓兩位大姐夫瞭解，通往羅馬的路不是只有一條。不過，我需要你的幫助。而且，人事經理的工作由你來做，根本是大材小用，所以你才有那麼多的精力來管我的閒事。你不用擔心，我不會要求你在假日加班，你還是有很多時間可以陪你的小女兒。再說，你剛才說什麼都答應我的。」

「我好像中了你的圈套。你真是冷血動物，耐性超人一等的。」

「但是出擊的時候，卻是快、狠、準。」

※　※　※

當天晚上，酒店的生意客滿。孺人忙得沒空向經理提出辭呈。她的手腳不停，心底卻隱隱不安。覺得這熱鬧的景象好像是假的，似乎在醞釀著什麼事。對了，今晚小姐們的情緒都很高昂，不知道在高興什麼。尤其是綠珠。孺人不曾見過她如此活潑、隨意，簡直是有些放浪形骸，不顧一切了。

這是怎麼回事？難道是因為她改變了新髮型的緣故？

等到店裡播放晚安曲，孺人開始打掃包廂房，集中垃圾，收回杯盤。綠珠突然出現在她的身後。

「妹妹，妳是騎車來上班的嗎？」

「嗯。」

「下班後要不要到我住的地方來？我請妳吃宵夜。」

孺人並沒有吃宵夜的習慣，可是綠珠一向對她很好，所以她還是點頭說好。

綠珠在回家的路上買了各式小點心，興高采烈得有如準備要去遠足郊遊的小孩子。孺人靜靜的跟在她的身後，心裡明白這是綠珠的告別儀式。難怪店裡的小姐們會那麼慶幸，少了王牌，就可以換人出頭了。

孺人鬱鬱的心情直到走進綠珠二十坪大的小套房，才豁然開朗。

簡單的白紗窗簾，襯著一整排綠意盎然的植物，顯得清爽宜人。原木的家具不染一絲灰塵，其中點綴一些精心挑選的小磁器，把狹小的空間烘托出滿室的溫馨。

「來，隨意坐。」

綠珠一邊招呼，一邊拿出整組的磁器碗盤，倒入剛買的宵夜。又從冰箱拿出一瓶香檳和兩個高腳杯。她熟稔的打開軟木塞瓶蓋，將第一杯送到神色不安的孺人面前。

「別怕，這是泡沫香檳，喝起來就像是汽水一樣，不會醉人的。」

「這……要慶祝什麼?」

「嗯……,就慶祝我今天的好心情吧。對,好心情。畢竟不是每天都會像今天這麼快樂。」是這樣嗎?只是心血來潮?

「來,多吃一點,不要客氣。」

孺人低頭看看一盤盤的炸物和滷味,擺在雪亮的磁盤裡,特別引人垂涎。

「綠珠姐,妳好像很喜歡磁器哦。」

「是啊,尤其是磁盤。我每次心情不好的時候,就會把所有的磁盤拿出來洗一洗。我還希望下輩子能當磁偶呢。」

「啊?」

綠珠起身從玻璃櫃裡取出一個男女共舞的磁像。

「妳看,他們的表情好幸福哦。我好希望下輩子能被塑造成這樣的磁偶,永遠跟心愛的人在一起。永不分開,直到地老天荒,海枯石爛。」

「綠珠姐,妳把磁偶說得這麼有人性,我聽得心裡都發毛了。」

綠珠像是惡作劇得逞,笑得很開心。「膽小鬼,妳是恐怖片看太多了吧。我喜歡磁器還有一個原因,就是不管它堆了多厚的灰塵,用水洗一洗,馬上又潔白如新,永遠是乾淨、純潔的。」

綠珠開始喃喃自語，手指不停的愛撫著磁像，心神若有所思。孺人靜候著，等她引導主題。

「妹妹，妳相信神諭嗎？」

「什麼？」

綠珠的表情轉為嚴肅、專注：「就是當我們面臨抉擇時，有時會突然發生某些事情來幫助我們做決定。這種經驗，妳有沒有？」

「好像……沒有。」

「真好。我想大概是妳生性單純，很少迷惑吧。我今天中午去燙頭髮的時候，在那邊看了兩本雜誌。剛好每一本都有一個令我感動的小故事，而且是真人真事。第一個是關於鐵達尼號的。當時有一對貴族夫婦只帶著一個女僕上船，把子女留在家裡面。船沉時，依照規定只有那位貴夫人可以坐上救生艇。可是那個貴夫人卻把權利讓給女僕，寧願與先生共存亡。她要女僕轉達給她的孩子們知道，他們的父母非常相愛，願意生死與共。」綠珠停了一會，調整一下內心波濤洶湧的情緒。「第二個故事是發生在日本神戶大地震的時候。有一家人住在兩層樓的透天屋裡，事發當時，六十幾歲的父親和兒子在二樓，只有母親一人在樓下的廚房裡，後來地震發生，房子垮了下來，父親和兒子都平安沒事，母親卻被壓在一大堆的瓦礫之下。因為他們家附近都是用自來瓦斯，所以旁邊引爆了很大的火災。那個兒子很理智的催父親快走，否則火勢就要延燒過來了。可是老先生捨不得老伴。明知道救不了自己的妻子，他還是不顧自己的安危，拚命的用手扒開碎瓦礫，試圖挽救自己的妻子。情況已經很緊急了，他仍是不死心。他的妻子不忍心連累她的先生，只好對他說：『你趕快走吧，我不會怪你的。』最後，那個老先生實在沒有辦法，只能一直的向他的老伴磕頭，一直哭著說：『對不起、對不起，我無能救妳，真是對不起。』」

大概是兩人互相憐惜吧。孺人總覺得綠珠的眼淚特別淒美、特別扣人心弦。

綠珠擦擦眼淚，繼續說：「妳有沒有看出這兩個故事有個共同點？就是在生死關頭之際，再多的錢也沒有用，金錢一點都派不上用場。而令人動容、盪氣迴腸的是真摯的愛情。所以，我今天辭職了。」

劇情急轉直下，孺人到目前為止，仍聽不出其中的關聯性。

綠珠喝一口香檳，沉澱一下悲傷的情緒，換另一種口氣說：「前天啊，就是妳的老闆來的那一天，後面又來了一個他的朋友。可惜妳沒有看到他，他現在是個律師，五官生得帥，身材又健美，尤其是他的濃眉大眼，現在當紅的電眼男都沒得比。妳一定在奇怪我怎麼會迷戀一個初次見面的男人。因為他是我的學長，是我的初戀情人。還好他不認識我，否則那天晚上我大概會撞死在他的面前。」

原來如此。又是愛，亙古不變的關鍵。

「妳辭職是為了他？」

「嗯。他從小就很優秀，是所有女生心目中的白馬王子。我差他兩屆，家裡環境不好，自己又不自愛，不喜歡唸書，所以一直沒有機會認識他。國中畢業的時候，我的父母希望我先到工廠上班幫忙賺錢貼補家用。我當時貪玩又自私，禁不住同學的慫恿，就男男女女六個人結夥離家出走，準備到台北打天下。說的是好聽，想得也很簡單，但現實可沒有這麼容易。不到一個禮拜，工作還沒找到，我們身上的錢都花光了。接下來的故事就很老套了。沒有錢，只好互相殘殺。三個男生逼我們三個女生賺錢給他們用，我被控制了兩年才有機會脫離他們得到自由。可是，我已經不敢回家了。其他的同伴，有的在牢裡，有的不知去向。我一個人生活，不敢交男朋友。怕遇到壞人再度被控制，也怕遇到好人會嫌棄我。原本我計劃盡量存錢，過幾年退休後，回復簡單的生活，了此一生。沒想到隔了那麼多年，前天突然遇到他，我竟然還會緊張。好像又回到國中時候的心情，酸酸甜甜的。原來我還愛著他。可是，我們之間的距離已經越來越遠了，就算我改變什麼也來不及了。不過，我還是忍不住會想，如果我與他無緣，為什麼我們還會重逢？」

綠珠擠出一個不確定的微笑，渴望從孺人身上聽到一個樂觀的答案。偏偏孺人的人生經驗不足，遲遲說不出一番大道理。她努力的腦力激盪，還是一片空白。

綠珠尷尬的笑了笑：「我真笨。把妳硬拉到這裡，強迫妳聽這些與妳無關的，妳一定覺得很無聊。」

「不、不會。我只是……有點驚訝，因為妳平常的話不多。我是感到意外，也很高興妳把我當成好朋友。」

「妳認為我太痴心妄想了嗎？我是不是配不上他？」

「這要怎麼說呢？我不懂得說假話安慰人。綠珠姐，妳自己也說過，愛情是很難預測的。也許……，也許……。」

孺人絞盡腦汁，琢磨不出一個完美的句點。綠珠不耐的打斷她。

「妳喜歡我嗎？」

「當然喜歡。」

「為什麼？」

「啊？為什麼？因為……妳對我很好，在工作上常常幫我。」

綠珠眼裡期待的光芒轉換成悲傷、失望的黯淡。

「因為我對妳好，所以妳才喜歡我？今天晚上妳到這裡來，是因為妳不好意思拒絕，所以不得不來？妳根本不是自發性的在喜歡我？」

「不是的，綠珠姐，妳誤會我的意思了。我是說……，我很喜歡妳，最簡單的原因是妳對我很好。我認為妳的心地很善良，因為妳會主動的去關心別人。當然啦，我相信妳一定還有很多其他的優點。只是……，妳想想。我們每次的談話，幾乎都是妳在問我：『吃飽沒？』、『會不會太累？』之類的。妳很少說自己的私事，所以我根本沒有機會多瞭解妳。我也不會說好聽話來唬人。不過，我認為既然有那麼多的客人喜歡妳，這表示妳的性情好，容易廣結善緣。哎喲，我在說什麼嘛，真笨。我真是……。」孺人急得滿臉通紅。

「好了、好了。我懂妳的意思了。只怪我自卑感太重，才會這麼心急。我嚇著妳了吧？」

「沒有。不過，綠珠姐，不管妳做錯過什麼，我都認為妳是個本性善良的好人。」孺人不知道每當自己誠摯的對人吐露心聲時，那雙眼睛會變得多漂亮。可是綠珠看到了，她很欣慰自己交對朋友了。

「妹妹，我今天特別找妳來，是想跟妳說聲謝謝。」

「謝我什麼？」

「是妳加強了我離開的勇氣。」

「我？我做了什麼嗎？」

「不，是妳沒做什麼。」

「我聽……不懂。」

「我第一次看到妳就很喜歡妳，因為妳是少數表裡一致的人。而且妳人聰慧、個性柔中帶剛，遇到問題會想盡辦法克服。即使有些主意在我這種世故的人看來，根本是天真、離譜，妳也會很樂觀的去試看看。我想妳的老闆願意幫妳，大概也是被妳的大膽嚇了一跳吧。雖然我不知道妳的家裡有什麼困難，可是妳願意選擇漫長、艱難的路，這在現在的社會是非常難得的。」

孺人被誇得很羞赧。「沒有啦。我純粹是運氣好，遇到貴人相助。若說要賺大錢，我又沒有生意頭腦。想要輕鬆一點嘛……，我長這麼大了，還不曾交過男朋友，我根本不懂得要如何跟陌生的男子說說笑笑。」

「騙人。我不相信都沒有男生追過妳。」

「有啦，我有收過幾次男生寫的信。可是，他們寫的內容都把夢中情人形容得很好，簡直是完美的化身。我覺得那根本不是我，所以我都不敢回信。」

綠珠笑得整個人趴在桌上喘氣。孺人不明所以，無法跟進，只好自顧自的又倒了一杯香檳。

「妹妹，對不起，妳不要生氣。我是在笑那些可憐的笨男生，他們的運氣真壞，遇到妳這麼憨直的人。可惜啊，沒有一個肯越挫越勇、努力不懈的。」

「我還是覺得妳是在笑我。」孺人說得一本正經，感覺上頗受傷害。「這也不能怪他們，是我自己太缺乏女性魅力了。」

綠珠正在喝香檳，聽到這話急忙的先搖手。「胡說，妳怎麼會這麼想？」

孺人低頭審視自己的胸部，認命的嘆口氣。「我的妹妹小我四歲，胸部已經比我的還偉大了。連我讀國中的大弟都說，要送什麼通乳丸給我當生日禮物。」

「現在的青少年是被媒體所迷惑了，混亂了自己的審美觀。」綠珠抬起孺人的下巴。「其實，妳長得很漂亮。雖然沒有濃眉大眼，可是五官的比例很好。尤其是妳的皮膚，滑滑嫩嫩、潔白無瑕。但是，我認為妳最大的優點在於妳的氣質。古人說，相由心生。指的就是妳這種人。由內在的善良、純潔，轉換成外在嫻雅的氣質。妳就像是民國初年的女大學生，清清爽爽，家教良好。跟妳在一起，不用拐彎抹腳，感覺很輕鬆自在。所以，我好羨慕妳，我希望能變得跟妳一樣。」

「我有這麼好嗎？」

「絕對有。我這種工作，任何女人都能做。即使是平日滿口仁義道德的人，只要被逼急了，她就會做。妳做不來，是因為妳心底的良性太重。妳願意承受所有的苦難折磨，也要維持自身的純潔。所以，我決定向妳看齊。當然啦，最主要的是，我想成為夠資格愛他的人。」

孺人開始對那位律師感到很好奇。「他有這麼好嗎？」

「說實在的，我不知道。我並不清楚他現在的為人怎樣，也許他已經變得唯利是圖，愛爭名奪利之類的。不過，這並不重要。重要的是，我還有愛人的感覺和衝動。所以，我希望有一天自己也夠資格為人所愛。」

孺人突然覺得人生好艱難：「愛，到底是什麼？」

綠珠無所謂的笑笑：「詩人說，愛會讓人覺得自己很渺小。當我面對他的時候，感覺很自卑，好像自己是個沒有資格談情說愛的人。」

「這麼說愛好像是個聖地，凡人不可及。」

綠珠又笑了，這一笑讓孺人看傻眼了。好美！現在的綠珠像是蛻變的蝴蝶，脫去往常淡淡的憂愁，顯現隱藏已久的自然美。

「我倒認為愛是個空白的大花園，等著人們用各種不同的色彩去填滿它。妹妹，我相信妳的愛的顏色一定很豐富、很漂亮。妳要加油哦，為了未來的幸福，要繼續堅持下去，千萬不要向現實低頭。」

「我會的。綠珠姐，重新開始需要很大的勇氣，妳也要加油哦。」

「是啊，我甚至沒把握我父親是不是肯原諒我。不過，我會證明給他看的。」

兩人舉杯互祝對方。綠珠好幾年沒像今晚這樣打心底高興，她突然覺得自己又是年輕人了。

「啊，天亮了。真糟糕，我拉著妳講了一夜的話，忘了妳白天還要上班。」

「沒有關係。只有一天，忍一忍就過去了。而且，我也準備要辭掉晚上的工作了。」

「也對，那種場所待久了，多少會受到影響。」

「綠珠姐，妳會與我聯絡嗎？」

「暫時不會吧。再見面時，我一定會很尷尬。等我自己調適好，可以重新適應這個社會時，我一定會與妳聯絡的。」

「那……那。」孺人欲言又止。

綠珠明白回答她心中的疑問。「我的本名叫陳海娟。」

第四章

雖然一夜未眠，孺人仍然精神抖擻的按時上下班。晚上她刻意提早到酒店，直接敲敲經理辦公室的門。經理有些驚訝，卻很歡迎。

「妳來的正好，我正有事要與妳商量。來，坐。妳也知道，綠珠辭職了。店裡少了她，失色很多。不過，我們這一行講究的就是推陳出新。再漂亮的小姐，客人看久了也是會膩的。」

經理說得輕鬆又無情，孺人暗暗為綠珠抱不平。還好自己再忍耐幾天，便可以離開這個現實、沒有人情的地方。她低著頭，忍著氣不願搭腔。

經理卻很客氣的奉上一杯香醇的咖啡。胸有成竹的開始進行他的目的。

「聽說妳白天也在上班？」

「嗯。」孺人小心的應付，不明白他的企圖。

「這樣子消耗體力，睡眠又不足，很容易衰老哦。」

孺人連瞪他的力氣都懶得使。

「妳這麼聰明的人，一定能瞭解青春的可貴。既然缺錢的話，這樣辛苦的賺錢，豈不是要拖到人老珠黃嗎？到時候青春沒了，人生還有什麼意義？本來呢，公司用人一向是由小姐們自願上門應徵，再經過我篩選才錄用。畢竟客人來是高高興興，總不希望花錢看苦瓜臉的。不過呢，妳比較幸運。我本來一直認為妳太過內向，不適合做這一行。但是綠珠一直認為妳的氣質與眾不同，結果證明還是她比較有眼光。最近呢，有一些客人向我反應，說很欣賞妳。他們覺得妳很有學生氣質，與一般圓滑世故的小姐不太一樣。怎麼樣，有沒有興趣換個輕鬆、快速賺錢的方法？」

孺人看著他急切討好的嘴臉，再對照淨德和大新的溫文儒雅。他們在懸崖邊救上她，而眼前這個人卻是要推她下深谷。有多少女孩在危急的時候遇上他，從此萬劫不復。自己是何其幸運啊。也許必須有很長一段時間，她無法買套好的新衣服，或捨不得花錢看場電影。但是，這些物質享受是可以等一等的。無論如何，她都不想失去淨德和大新的關心。或許這是她與他們之間唯一的關係，至少她在心底能永保對他們真摯的情感。

孺人站起身，對經理微微一點頭：「經理，我想你說的對，我也覺得自己不太適合做這一行。為了不讓你為難，我最好不要再上班了。謝謝你這些日子以來的照顧。」

人事老練的經理，很快的將巴結的嘴臉轉為不在乎：「妳可要考慮清楚哦！等妳以後有錢可是買不回青春。而且，我們公司的規模這麼大，每天來應徵的小姐也很多。如果不是客人一再的提起，我是不會做這種遊說的工作。這感覺很不入流，有點像皮條客。」

孺人敷衍的笑笑。「我瞭解，謝謝你的好意。如果沒有其他的事，那我先告辭了。下個月五號，我再過來領剩下的薪水。」

孺人走出酒店後，決定奢侈一次買些小蛋糕回家給弟妹們享受。雖然現在少了一份收入，可是她的心情不但輕鬆自在，還踏實了許多。小小的慶祝一下是應該的。至於兼差嘛，再找就有了啊。

不過，很奇怪。打開報紙，每天都有很多的工作機會，可是適合自己的卻少之又少。可以兼差的工作，好像以速食店為多。孺人想了一下自己上速食店的經驗。有一次，有個小男生向母親發脾氣，將飲料灑得滿地……。不行、不行，她實在不擅長與人應對。

孺人搖搖頭，跳看旁邊另一行——便利商店……。賓果！決定了。二話不說，下班後立刻去應徵。

※　※　※

孺人騎車花了一個小時才找到目標。她估計了一下，如果沒有迷路的話，兩個工作在時間上應該可以銜接。

便利商店的老闆是對兄弟檔。哥哥的正職是電腦工程師，弟弟則在等徵兵通知單的空檔，順便看管大夜班。後來孺人才知道，原來弟弟自小好玩，不愛唸書，家人一直在擔心他的前途。父親過世時，愛護弟弟的大哥，便用父親遺留的少數財產，開了這家小商店，也算是讓整天渾渾噩噩的弟弟有個正經的工作。

過了十天，孺人對新工作已經上手了。這一天正好是小週末，想到明天放假可以大睡一場，心情就很愉快，她精神奕奕的去兼差。現在諸事皆順，如果孺人個性再活潑些，她會一邊整理貨架，一邊哼歌。

上班不到十分鐘，「小老闆」志軍就有目的的上前打哈哈。

「大姐好。」

「老闆好。」

「哎呀，什麼老闆，聽起來好像是個鹹菜乾的老頭子。叫我志軍就可以了。」

「好，志軍。有事嗎？」

「妳精神很好哇，白天不是還要上班嗎？」

「是啊，不過明天是星期六，不用上班。」

「太好了！妳真是我的救星，我生命旅程中的大貴人。」

孺人轉過身，急忙的走離他。

「喂、喂、喂，別走嘛，妳怕什麼？」

「我……在忙啊。後面的餅乾架還沒補貨呢。」

「這不急嘛，我的事比較重要。又不是要妳去殺人放火的，只是幫我一個小忙，妳也怕成這樣。」

「因為你講得那麼嚴重，我不敢承受。萬一搞砸了，怎麼辦？」

志軍做個『上帝救救我吧』的鬼臉。「拜託，大姐。現在的年輕人講話都比較誇張嘛，妳也太大驚小怪了。妳到底要不要幫我？」

「你那麼兇，還需要人家幫忙嗎？」

「哎喲，好大姐，別逗我了。今天是我女朋友的生日，我答應要陪她的。妳就幫我上一次大夜班吧。」

「我？大夜班？不行啦，大夜班只有一個人，我不敢啦。」

「大姐，妳放心。妳現在可以先出去外面晃一圈，妳就會知道這附近都是高級住宅區，晚上巡邏的警察很多，不會有人上門搶劫的啦。」

「可是……，如果大老闆來查勤呢？」

「不會的。明天放假，這個時候我老哥都會去打麻將，要到天亮才會散場。」

「可是……。」

「拜託啦，大姐。妳忍心看我的姻緣破滅嗎？」

「有那麼嚴重嗎？」

「當然有啊。拜託、拜託，我知道妳一定會幫忙的。」

「為什麼？」

「因為妳看起來就像是慈祥和靄的小阿姨。」

「我以為我們只差一、兩歲。」

「是啊。不過，妳太正經八百了，感覺很像上一代的人。怎樣，答應了吧？」

「唉，你都這麼說了，好吧。」

「萬歲！」

志軍高興得手舞足蹈，不知道孺人有但書在後。

「不過，你要趕快回來哦，我幫你代兩個小時就好了。」

志軍立刻沉下臉恐嚇。「大姐，我要翻臉了。我女朋友生日耶，我當然是天亮才會回來。」

孺人天真的問：「為什麼你的女朋友生日，要天亮才能回來？」

志軍半真半假的後退三步，嘴角抖著一個恍然大悟、不懷好意的奸笑。

「你怎麼了？你還好吧？」

「原來……，難怪。這種事情跟妳這個沒有交過男朋友的人講，妳也不會懂的啦。」

「咦？你怎麼知道我沒有交過男朋友？」

「我知道的事情可多著咧。我還知道妳是個處女。」

「你……你……，討厭啦，你快走啦。」

「是，遵命。謝謝小阿姨，萬事拜託了。」

孺人緊張的左右探頭，幸好這時都沒有客人上門，另一位店員也一直待在櫃檯沒有離開，應該沒有聽到他們兩人的對話。

凌晨一點時，孺人已無事可做，便習慣性的又開始胡思亂想了。

為什麼志軍看得出自己還是處女？咦？綠珠姐也知道。為什麼？自己應該和常人一樣。難道是衣服太呆板？還是沒化妝？也不對，這樣想豈不是侮辱了那些天生擅於妝扮的人。

她取出一面放在櫃檯的小鏡子，挑剔的打量自己。小時候常常有長輩誇她的眼睛漂亮，綠珠姐也說她的皮膚好。她不免暗自得意，偷偷擺個傲視群倫的鬼嘴。

「咚」的門鈴聲，嚇得她胡亂的收起鏡子，立正站好，規矩的行禮如儀。

「歡迎光……。」

孺人愣住了。天哪，怎麼會是總經理？這個時候他還西裝畢挺，顯然才剛下班。

淨德也嚇了一跳，頓了一秒才踏進來。

兩人之間，誰也沒有開口。

淨德挑了些雜誌、優酪乳、三明治。孺人屏息噤聲的結帳，她心跳得厲害，連耳膜都在鼓動。她一直低著頭，沒有看見淨德鬱鬱不樂的表情。

等他付了大鈔，收回零錢，才沉聲的說：「我有逼妳還錢嗎？女孩子上這大夜班多危險，妳難道不知道熬夜是很傷身體的？」

孺人如果平心靜氣，應該聽得出這話其實是關心之意。可是，被一個自己心儀的人冤枉的斥責，難免心酸不平。她在衝動之下，竟然回頂他。

「你自己還不是一樣？」

淨德沉默的盯她幾秒鐘，沒再說什麼，抓起袋子就離開了。

孺人話一出口就後悔了，淨德一走出店門，她開始自責的跺腳，氣自己傷了他的好意。才一會兒，淨德又折回來。孺人顧不得淚光閃閃，滿腹委屈的說：「我平常只有兼差四個小時，今天是代同事的班。只有今天一天而已，以後不敢了。」

淨德點點頭，淡淡的說：「我忘了買電池。」

淨德再度離開，孺人悄悄的跟在他身後，遙望他往哪個方向走，結果他就住在斜對面的公寓大樓。她喜孜孜的回到店裡，也許以後會常常看到他。

週一上班時，兩人見面仍然一如往常，淨德並沒有特別的表示。孺人永遠看不出他的心情是好是壞。那天晚上的事好像做夢一樣。做夢的人，醒來心頭還是甜蜜蜜，被夢到的人，卻是完全沒有感覺。

孺人托腮沉思，好像自從認識了淨德以後，心情開始起起伏伏，亦喜亦憂。不再平靜比較好嗎？無色乏味嗎？生命令人留戀是因為多采多姿嗎？唉，真希望上帝趕快降臨，那麼凡事必有答案吧。應該有吧？還是上帝也認為凡人多為庸人自擾，已經棄人於不顧了呢？

孺人繼續胡思亂想，結果不小心切斷了一位重要客戶的來電。

第五章

孺人等了五個晚上，淨德一直沒有再出現。今天下班的時間快到了，希望又要落空了。正當她呵欠連連時，提神劑忽的現身了。而且是一身休閒打扮，不但健康帥氣，還多了些溫暖的氣息。

可憐的孺人毫無招架之力，整個魂魄都七零八落了。結帳的時候也是心不在焉，她將零錢遞給淨德之後，忽然直覺好像多給了他一個五十元的銅板。她想也不想的，又回身抓住淨德的手，再數一次他手中的零錢。

這場景可以說是非常荒謬、非常失禮。孺人還沒數完，就清醒的明白自己犯了大錯。淨德有恩於她，借她大筆金錢，不計利息，而她竟然與他計較這區區的五十元，還大膽的在他的手掌心翻找。真是太卑鄙了。不過，他的手掌好大、好溫暖哦。可是，現在怎麼辦？

孺人傻傻的抓住淨德的手，進退兩難的不敢再動。她偷偷的往上瞄，驚喜的看到淨德並沒有生氣。這一刻，她見到一個與上班時不同的總經理，溫柔的眼神裡有無盡的包容。如果此時的淨德要收取她的靈魂，她絕對自動雙手奉上。

兩人之間的魔法是志軍打破的。

「有什麼問題嗎？」

孺人心虛的甩開淨德的手，也甩落一些銅板。

「對不起、對不起。」

她狼狽的一一拾起，淨德鎮靜的還她五十元。

鬼靈精怪的志軍狐疑的來回打量兩人。等淨德離開後，他憋不住好奇心的問：「好啦，他是誰？」

孺人驚魂未定，一副剛做過虧心事的模樣。「他？客人啊。」

「妳瞧不起我哦，當我智障啊？瞎子也看得出你們一定是認識的。」

「你不要亂猜啦。看得到東西還叫瞎子啊？」

「奇怪了，妳幹嘛老背對著我啊？就算你們本來不認識，現在妳也煞到人家了吧。」

「我哪有？你不要亂講啦。」

孺人急得臉紅直跺腳，更是「此地無銀三百兩」。

「看看妳那副意亂情迷的樣子，不說就算了，真沒趣。不過，算妳有眼光。」

「什麼意思？」

「那個客人很上道。」

「什麼意思?」

「想知道啊?那妳剛剛為什麼不告訴我咧?」

兩個孩子性的人互相比嘔氣。孺人故作清高的說:「不說就算了,沒啥了不起。」

此後,淨德每隔三、四天來一趟。有幾次,他在結帳的時候,會若有所思的緊盯著孺人不放。膽小單純的她,往往在他的逼視之下,不自覺的縮起脖子低下頭。這個時候,淨德就會露出頑皮的淺笑,瀟灑的離去。然後呢,愛情會讓人變得卑賤。孺人明知道淨德是在捉弄她,可是只要想到這個微笑是只給她一個人的,她便心花怒放。在愛情的味覺裡,她只要能抓住甜味,便可以忽視其他的酸苦。

※　※　※

現在若說孺人有煩惱,就是志軍百折不撓的糾纏。直搗黃龍的方法不行,就改用旁敲側擊的。不論是威逼、哀求、利誘,他一定要搞清楚孺人和淨德的關係。甚至他閒來無事會出假設性問題,再讓孺人做是非問答。例如:他是老師嗎?還是銀行職員?不然就是律師?孺人千篇一律的應付他說不知道。

過幾天，他再度改變策略，突發奇想的告訴孺人他的結論。根據他多日的觀察揣摩，淨德的特性綜合為冷靜、專業、神祕、不苟言笑，再加上運動員的體魄，所以他絕對是職業殺手。孺人沒有笑。因為志軍的答案雖然離譜，對於淨德性格的分析倒是蠻正確的。

她很正經的問：「你是故意要逗我的吧？」

「我是還有另一個想法啦。」

孺人對志軍另眼相看，就從這個時候開始。

「我覺得他應該是個專業人士，從他的行為舉止看得出來。還有他的穿著品味很高，而且衣服料子都很好。我還注意到，他明明就住在這附近，可是每次來都是服裝儀容整齊，從來不曾穿拖鞋過來。所以，我想他的生活習慣一定是有條有理，完全沒有『狗』。」

「啊？」

「一絲不苟啦。媽呀，妳是山頂洞人啊？真笨。我講到哪裡去了？」

「你一定得罵人嗎？」

志軍聳聳肩，一副賴皮的樣子。「沒辦法，這是很自然的情緒反應。」

「什麼話？我又沒惹你。」

「誰叫妳笨？」

「笨是我的錯嗎？」

「當然，受過教育的人不應該笨。」

「有些人是天生的，無可奈何的。」

「不，妳不是低智商。我說妳很笨是因為妳的感覺很遲頓，妳的感覺很遲頓是因為妳只關心自己，忘了世上還有別人。」

「你亂說。」

「妳的個性是很善良，我想妳從小到大一直懂得提醒自己要做個好孩子，所以妳很專心的管好自己，完全不理會週遭環境的好壞。妳不會被帶壞，別人也很難知道妳到底在想什麼。」

孺人覺得周身毛骨悚然，好像被人強行剝下表皮，露出完全不同的軀體。她怔怔的直視志軍，忘了反駁。

「喂，妳不會生氣吧？喂，不准哭哦。」

「對不起，我不是生氣。我是很難過，原來我是這麼自私的人。」

「不是自私啦。我剛才說得太過火了，反正妳不要打麻將就對了。」

「我本來就不會打麻將。」

「那好，永遠不要學。因為如果妳在打麻將，旁邊只要有人跟妳講話，妳一定會亂放炮。」

「為什麼？」

「因為妳無法一心兩用。我再打個比方吧。假設妳在一座風景優美的森林裡散步，突然前面出現一隻很可愛的……小鹿好了，妳看到鹿心裡很高興，愉快的走向牠。這個時候，妳的心裡只注意著眼前可愛的鹿，即使旁邊的樹都著火了，快要蔓延整個森林了，妳也沒有感覺。」

「太離譜了吧？」

志軍誇張的做個無辜又無奈的表情。「妳就是這樣的人啊。走路的時候只會直直的往目標前進。只要有一件能讓妳開心的事，妳就會用那個好心情去做很多別人不願意做的苦差事。」

「這樣子不好嗎？」

「有時候不好。妳會認不清事實。」

「比如說？」

「妳跟那個客人的事就很危險啊。」

「我跟他又沒有什麼事。」

「拜託，都什麼時候了，妳還在裝可愛啊。說真的啦，根據我的推理，那個男的……我們姑且先叫他『冷面狐狸』好了。他那個樣子……，我是說，他很注重穿著，舉止斯文，很有教養，又好像帶有潔癖，這種人有很多都是同志。」

「同性戀?不會吧。他又不會娘娘腔。」

「妳真是蠢耶。娘娘腔又不一定是同志，同志也不一定是娘娘腔，他可以扮男的啊。」

「好噁心，你不要再說了。你真的想錯了。」孺人激動的扯開貨箱的封條。

「那他是誰?」

「他是……，哦，原來你想拐我。」

「好吧，我承認，我很好奇。不過，我是真的關心妳，因為我有注意到他對妳的態度。」

「怎樣?」

「他看妳的眼神，好像有很多話要說，卻又很難啟齒。他是不是結婚了?」

「沒有。你為什麼一定要把我跟他扯在一起呢?」

志軍大呼冤枉。「不是我，是妳自己。」

「我?從頭到尾都是你在煽動耶。」

「沒辦法啊，日子太無聊了，總得找些雞皮蒜毛的小事來炒作才熱鬧啊。不過，任何白痴只要看一眼妳在看他的表情，就會知道妳愛上他了。」

孺人馬上又採取躲避球的防守策略。「你不用忙別的事嗎?」

「不急，我可以等妳們都下班了才做。喂，妳看妳又背對著我了。」

「我是怕別人誤會我在巴結老闆。」

「算了啦，誰都知道我沒有實權。不過話說回來，我真的蠻喜歡妳的。」

孺人剛好在排罐頭，聽到這話，不小心手一歪，碰落了幾個罐頭，差點砸到自己的腳。

「因為我可以任你消遣嗎？」

「不是，因為妳痴呆。」

「我就知道沒好話。」

「不一定啊，換個角度想就是好話了。我喜歡妳的痴呆是因為，妳能滿足於暗戀『冷面狐狸』的快樂，不求他的回報，不在乎旁人潑的冷水。妳可以愛得目中無人，妳的愛好單純哦。所以，妳可以把痴呆想成是單純的同義字。當然啦，也可以解釋成是頭腦簡單，四肢又不發達。」

孺人盯著志軍的臉，仍是一副戲謔的樣子。不過，眼神好像多了一份高深莫測。原來輕浮的小鬼頭也有隱藏的成熟。看來不是只有女人的心如海底針，男人只是比較會獨自舔傷口。

「我的頭好暈，我可以先上個洗手間嗎？」

「去吧，我恩准了。」

志軍順手接下孺人的工作。

※　※　※

志軍倒是說對了一件事。

孺人成天沉溺在單戀的喜悅中，渾然不覺公司裡的氣氛為了她而暗波蕩漾，隨著時日增加，漸漸地醞釀成漩渦。

這天，孺人走向洗手間，遠遠的聽到裡面有一大群人在熱烈的討論著。其中有一句話是：「明天是總經理的生日……。」。等她推開門，接受眾人的注目禮後，大聲的喧嘩馬上轉為鬼祟的交頭接耳。

因為工作性質的差異，孺人一向與她們格格不入，所以她也不以為意，只當是意外的獲得一個好消息。如果明天是總經理的生日，那他明晚一定很忙囉。也許今晚……。

孺人打著如意算盤，她想起前幾天打工的便利商店剛進貨的一批新玩具。雖然有些寒酸，不過心意比較重要，更好的是能投他所好。

當晚她上班的第一件事就是掏出乾扁的錢包袋，買了禮物密密的包裝好，再打個簡單粗略的蝴蝶結。現在萬事俱備，只差男主角的出現。接下來她只要專心祈禱就好了。

如果說是孺人的心意感動上天那就太神奇了，比較合理的解釋是淨德已經四天沒有買東西了，所以今晚會出現是很正常的。

孺人一邊拖地一邊注意他的一舉一動，志軍好奇的站在孺人的後面，隨著她一起搖頭晃腦的，好像在跳雙人芭蕾。等淨德走出店門後，孺人順手將拖把丟給志軍，抓起禮物跟上去。

「總經理，請等一下。」孺人氣喘噓噓，半是快跑半是緊張興奮。

「什麼事？」

「我……我聽說明天是總經理的生日，所以自備了一份禮物，謝謝您對我的照顧。」

「妳真細心，那我就不客氣了。我可以現在打開嗎？」

「嗯。」

孺人滿心期待淨德驚喜的反應，可是她估算錯了。

淨德微皺著眉頭，不解的看孺人一眼，再轉回到禮物上。孺人感到不對，惶恐的不敢出聲。最後淨德勉強擠出一個微笑，好像在自我解嘲。

「沒想到妳會送我恐龍玩具，難道我真的那麼像冷血動物嗎？」

孺人的心情像是在泡三溫暖，由熱至冷。她緊張的絞絞手。「不、不，不是的。我……我是聽說總經理很喜歡恐龍。所以……所以……。」

「妳聽說的消息還真多，乾脆妳來做我私人專用的金牌小密探好了。」

「對不起，您生氣了？」

「不，我只是不喜歡有人在背後議論我。」

「對不起。我不是故意要探尋您的隱私，那些都是剛好聽來的。」

「我相信妳。不過，我看妳工作得很辛苦，以後別再破費了。千萬不要以為我會接受賄賂。」

「是，總經理。那麼我回去工作了。總經理晚安。」

孺人開心的跑回店裡，迎面就遇上志軍準備質詢的眼光。

「上班時間溜出去談情說愛，這回妳可得好好給我解釋清楚了。」

「哪有什麼。」孺人的臉還是很羞紅，她拿回拖把繼續拖地。

「妳拿什麼給他？」

「我向他促銷店裡的新玩具，他說正好可以送給他姐姐的小孩。」

「憑妳也想唬我？再修三百年吧。店裡什麼時候開始要妳們主動向客人推銷的？妳到底要不要說實話？」

「好嘛、好嘛，我說實話。」

「快說。」

孺人彆扭的轉個身。「我……我不想和你討論這件事。」

「為什麼？」

「因為你是男生，和你討論感情的事好尷尬，而且你的年紀又比我小。」

「可是我有女朋友了，這點我比妳強吧？」

孺人被逼急了，有點口不擇言。「我真不懂，你到底是好奇還是喜歡干涉別人？」

「這話太傷人了吧？」

志軍臉色一沉，轉身要走，孺人趕緊拉回他，向他道歉。

「對不起，我錯了。請你不要生氣，我是……。」

孺人咬咬嘴唇，細想最近和志軍幾次的談話，可以證明他並不是自私、不會為他人著想的狂妄少年。她一味的避著他，顯得有些輕視之意，實在不太道德。也許她應該試一試，有時候靈感往往來自於最不起眼的小事。

「好吧，我說。他是我白天工作的主管。」

「妳的頂頭上司？」

「不，是最高主管。他是公司裡的總經理。」

「難怪感覺那麼遙遠，我沒想到這一層。不過，身為總經理，他應該有傭人為他採買才對。」

「據我所知，他喜歡自己一個人住。」

「噢，那……他是總經理，妳是他的祕書？」

孺人懶懶的擰乾拖把。「怎麼可能，我只比清潔工好一點，我是總機小姐。」

「噢，好像有些距離。」

「距離可大了。我可以坦白告訴你，我是公司裡資歷最淺、學歷最低、年紀也最小，就算不是最醜，可是公司裡的美女一大堆。」

「那有什麼關係？說不定他有戀童癖。」

「你好噁心，我不要跟你說了。」

「妳才噁心，幹嘛拿拖把打人？」

「算了，我不再跟你談這件事了。我要下班了。」

孺人提起水桶移到另一條走道，志軍不死心的跟上來。

「妳很愛生氣耶。我剛才是說得太順口了，而且我是想安慰妳啊。」

「戀童癖有什麼值得安慰的？」

「我的意思是要說，談戀愛並不是選美比賽，不是要計較誰的條件比較好。」

孺人冷靜下來了，志軍繼續說。

「好吧，我承認大多數的男人都是好色之徒，比較容易對漂亮的女人動心。可是，這個世界之所以多采多姿，就是因為有各式各樣的人啊。有些男人就是獨具慧眼，能夠一眼看穿女人的心，懂得挑選善良的女人。所以，妳應該把妳的感覺告訴他，也許他正在顧慮妳的年紀小，不敢跟妳表白，怕會嚇到妳。」

「你是說……他會喜歡我？」

「是啊。我認為他很喜歡妳。只不過他太深藏不露了。畢竟他是妳的上司，也許他怕妳會有壓力，不敢拒絕他。所以想慢慢來，多花點時間來博取妳的好感。我覺得妳可以主動告訴他，妳已經準備好了。」

「我……我不敢。」

「為什麼？」

「這只是你個人的感覺而已。你剛剛還說他深藏不露，那你怎麼看得出來？我和他根本沒有相似之處，各方面我都遠遠不如他。不要說是相處，連聊天的話題，我都不知道要說什麼才好。而且以他的條件，別說是追求公司裡漂亮的女同事，就是要娶名門千金也是易如反掌。如果我對他做愛的告白，一定會被他打回票，甚至被他瞧不起，我怕自己會受不了這種打擊。維持現狀的話，起碼還可以保有一個美夢，這不是也很好嗎？」

「現在是不錯，只怕時間久了，連妳自己也不滿足。」

「而且在公事上他一直很照顧我，如果他不喜歡我，告訴他豈不是會增加他的心裡負擔？」

「哎喲，妳自己都自身難保了，還擔心別人。」

志軍幫她提起水桶準備倒掉。

「謝謝。我只是認為有時候保持沉默可以省掉很多麻煩。」

「妳明明是膽小鬼。」

「好啦，不要再跟了。我要上洗手間。」

「妳們女生真會上廁所，我女朋友也是一天要跑好幾趟。」

孺人靈光一閃，想到一個壞主意。

「那你要不要猜猜看，我現在上廁所是真的內急呢？還是為了要躲你？」

志軍臉上錯愕的表情，讓孺人扳回了一城。

※　※　※

第二天，孺人注意到有幾個不同科室的女職員都捧著一大束花來上班。她想是準備要送給總經理的。下午三點多，糕餅公司快遞一個大蛋糕。孺人羨慕地聽著裡面的歡呼聲，嘟著嘴不敢擅離工作崗位。

掌聲結束了一會後，總經理的秘書小姐端了一小盤蛋糕給孺人。她高興得合不攏嘴，不停的道謝。其實孺人並非口饞之輩，而是這個蛋糕是總經理的生日蛋糕，只要和他沾上一點邊，她便如獲至寶，捨不得吃。

接下來的時間她一直興奮得滿臉春風，即使志軍笑她是痴人容易滿足，她也不在乎。

沒想到後面還有更大的驚喜，淨德今晚又光臨便利商店了。孺人正好在櫃檯，想到待會結帳又可以跟他正面接觸，她的心漲滿了跳躍的細胞，若不洩洪一下，她真怕會像瘋狂的歌迷一樣，缺氧而暈倒在偶像的面前。

此時的志軍也躲在陰暗的角落，等著看好戲。因為他總覺得孺人隱瞞很多他們之間的事不敢讓他知道。

淨德終於要結帳了，而孺人的神經已經繃到一觸即發了。所以當淨德伸手探向她的頭髮時，她竟然神經質的後退放聲大叫。志軍在後面看不清楚狀況，一聽到孺人的尖叫聲立刻衝出來。

「發生什麼事了？」

淨德不受他們驚悸的影響，繼續剛才的動作。他從孺人的頭髮上拿下一張小紙屑交給她，原來是張印著十五元的小標籤。孺人萬分尷尬的輕聲道謝，剛才自己的反應真是有辱他的人格。

志軍自作聰明的打圓場。「先生，有沒有興趣？花個十五元就可以把她帶回家了。」

孺人嚇得下巴幾乎脫臼，久久發不出聲音。志軍還鼓勵性的撞撞她的肩膀。

「有什麼關係？反正妳剛好很喜歡他啊。」

「你……你……。」

孺人的頭像在看網球賽般的來回擺動，一方面要抑制志軍再胡言亂語，一方面又擔心淨德會有輕蔑的反應。可是淨德只是一臉饒富興味的樣子，好像在看戲。

「好啦，小阿姨，妳就不要再害羞了。」

「不要再叫我小阿姨啦。」

孺人又急又氣，她還來不及向淨德解釋，他已經提起東西離開了。

「完了，以後我要怎麼面對他？都是你啦，討厭鬼。」

「沒事啦。妳沒看到他剛剛還在笑。」

「他是在笑我花痴啦。」

「如果妳追上去就是了，要不要？我幫妳看店，算是報答上回妳幫我的。」

「走開啦，我再也不要和你講話了。」孺人已經惱羞成怒了。

志軍摸摸鼻子，自認倒楣。「真是好心沒好報。像妳這樣不敢要求，永遠什麼也得不到。」

孺人嘆口氣，自認不該輕易蹧蹋他的好意。

「我跟你不一樣，我沒有你的自信。如果在他的心中，我是個普通的好女孩，這樣就夠了。我不希望輕率的舉止破壞了在他心裡的基本形象。」

「單靠著回憶和幻想能過一輩子嗎？」

「起碼心情不好的時候，想想他就舒坦多了。」

「是。」

志軍向她行敬手禮表示被她打敗了，他用軍人的架勢向後轉，踢正步的走到外頭抽根煙。孺人盯著他的背影，這個思想新潮、敏感多情的大男孩真的很關心她。可是，他能替她爭取機會，卻無法承擔萬一淨德瞧不起她的後果。

都說人生苦短，但她忍得過嗎？現在她還不懂夜深人靜的滋味，以後呢？她再看一眼志軍仰天吐煙的背影，嘆口氣認命的隨上天安排吧。

第六章

上天的安排常常逼人走向自己原先料想不到的路上。

孺人自從上次在洗手間聽到淨德生日的消息之後，便將洗手間視為情報集散中心。每次解決生理需要時總會刻意放緩速度，留意細聽。

但是，這個世界並不是全由好消息所構成的，偶爾會有惡意的謠言來平衡一下單調的生活。刺激造成的改變，一次就足以扭轉人生的方向。

就像現在孺人剛鎖好廁所的門，還來不及寬衣解帶，洗手臺那邊又進來一群人準備要開廁所會議了。

「唉，真討厭。才熬一個晚上，立刻又多了好幾條的魚尾紋，整張臉馬上老了好幾歲。」

「值得啦。剛剛課長不是誇妳的報告寫得漂亮嗎？」

「課長誇有什麼用？」

「妳也太貪心了吧？妳以為妳是誰啊？」

「就是說啊，又不是某某人。」

「喂，妳們說，她會不會是總經理的親戚啊？」

「不會吧？如果是親戚，當初應徵總機小姐的時候幹嘛還要公開？反正又不是什麼重要的位置。」

孺人緊揪著裙頭，整個人僵硬住，不敢亂動分毫。

「可是，如果沒有關係的話，為什麼我表妹大學畢業還輸她一個肄業生？」

「對啊。那麼多應徵者裡面，她可是學經歷最差的耶。」

「而且，有人好幾次看到她偷偷的塞東西給羅經理呢。」

「天哪，看不出她的模樣那麼清純，小動作還不少呢。」

「可是……不對啊。就算她工於心計好了，可是羅經理是個正人君子，應該不會做這種偷雞摸狗的事才對。」

「這妳就不懂了，年紀越大的男人越抗拒不了小女生的撒嬌。下次妳注意看，她跟羅經理講話的時候，都是故意頭低低的，要笑不笑的用眼角瞄人，好像在夜店裡釣凱子一樣。」

「嘖、嘖、嘖，現在的小女生真可怕。」

「唉，沒想到羅經理的抵抗力這麼差。這麼看來，總經理雖然比較嚴肅、不好相處，起碼定力強多了。」

「拜託，總經理是留德回來的耶，眼光可是國際級的，就憑她？別說她沒那個膽，更沒那個姿色。」

「但是，至少總經理是單身啊。」

「這就是那個總機小姐厲害的地方了，她知道羅經理心軟比較好下手。」

「事情好像沒有那麼簡單呢。妳們忘了上次總經理生日，還特別叫徐祕書拿蛋糕給她吃。」

「哇，難道她真的那麼厲害，可以一箭雙雕啊？」

「喂，停一下。妳們看……。」

孺人只能聽，看不到外面的一群人正狐疑地打量最後一間廁所。她們比手劃腳用唇語互相詢問：為什麼裡面的人待了那麼久了還不出來？

眾人面面相覷，有志一同的猜疑一個最可怕的結論。為免惡夢成真，一夥人倉皇安靜地逃離這個是非之地。

等了好一會，孺人肯定外邊沒人了，卻仍沒有勇氣走出這個小門。她緊咬著手背抑制自己別哭出來，畢竟還沒有下班，她不能紅著一雙眼面對來來往往的職員。可是，為什麼？她一直謹守著本分，認真的工作，為什麼會有這種荒誕不實的流言？之前她懵懂無知還可以坦然的工作，現在知道有這種集體的惡意攻擊，她要如何應對那一張張充滿鄙視的笑臉？而且還牽連到無辜的總經理和羅經理。

不，孺人想著他們對自己已經夠好了，會引起這種流言一定是自己的行為不當，她不能影響他們清白的聲譽。為今之計只有離開公司了。可是，目前她是債務人的身份，辭職豈不是有潛逃之嫌。如果公開澄清，又是欲蓋彌彰，畢竟還沒有人公開挑釁，尤其是她不能否認自己心儀總經理。

可是，現實問題是離職以後斷了收入，家裡的生計怎麼辦？千頭萬緒的，孺人提醒自己要沉住氣，處理事情要一件一件來。

她先打電話向志軍請假，今晚是沒有心情上班了。接下來是考慮以後的工作。有沒有錢多時間短的工作呢？如果應徵粗工，憑她這單薄的身子大概沒人敢雇用她。又沒有人事關係可以走旁門左道，唉，真慘，先天不良，後天失調。咦？人事關係？她怎麼會忘了好朋友倚光呢？她的哥哥在當醫生，聽說看護的待遇很不錯，也許可以請她的哥哥幫忙介紹。二話不說，她趕緊撥倚光的行動電話，省略前因，直接切入主題。

「什麼？妳想做看護？」

「聽說錢多啊。」

「薪水是不少啦。可是大部份的病人都是行動不便，妳得幫他們擦澡、換尿布什麼的，很噁心的。」

「這有什麼關係？吃、喝、拉、撒，哪個正常人不會？妳忘啦？我爸爸現在也是這樣的，所以妳不用擔心我會做不來。我比較煩惱的是工作會斷斷續續的銜接不上。」

「我有聽我哥說過，大部份的病人家屬貪圖便宜，都會找語言不通的外勞，結果有些越幫越忙，而造成醫護人員的負擔，也影響病人康復的速度。所以有些比較孝順，經濟能力也許可的，還是會指定找本土的。只要妳做得好，有時候病人家屬之間會互相尋問，以後妳的客戶就會源源不斷了。」

「如果是這樣的話那我就放心了。妳不用替我擔心，照顧病人對我來說是小事一椿。」

「我是希望妳找個比較有前途的工作，即使債務還清了，還能擁有一份經營已久、得心應手的好工作，不必再辛苦的重新開始。不過，既然妳已經決定了我就支持妳。妳放心吧，我今晚就問我哥，我會儘快給妳答覆的。」

收了線，孺人再撥到大新的辦公室。

「羅經理，我是總機魯孺人。請問您今晚有空嗎？我有些事想與您商量。」

「今晚嗎？妳等一下。」一陣紙張窸窣聲過後。「大概六點半可以嗎？好，那就在瑪雅餐廳。什麼？要找個安靜人少的地方？這樣不好吧？我會怕耶。對不起、對不起，我不開玩笑，我知道妳找我一定是有重要的事。不過，為了避免不必要的誤會，我認為還是光明正大一點比較好。好，那就決定六點半。我會先打電話訂位，如果我臨時有事耽擱了，妳會等我吧？好、好、不開玩笑了。」

※　※　※

下班以後孺人在公司附近的書店逗留，等到時間差不多了才踱步過去。一路上她心虛的左顧右盼，看看有沒有熟悉的面孔。進了餐廳報上大新的名字後，她立刻被領到一個僻靜的角落。等了十分鐘，大新才出現。

「對不起，我遲到了。」

「沒關係，我也才來一會兒。」

「那就好，我可捨不得讓妳生氣或難過。」

「羅經理……。」

「妳可別以為我嘻皮笑臉的，說的就不是真心話。像總經理正經八百的，卻不喜歡說老實話。」

「不會吧？」

「我並不是指他說謊，而是他很會藏話，所以旁人常常搞不清楚他到底在想些什麼。」

「我想……他一定是有他的顧慮才會謹言慎行吧。」

孺人不自覺的維護淨德，樂得大新的眼睛都笑彎了。

「妳很喜歡總經理吧？」

「啊？不是那樣的。」孺人突然緊張的扭動身子。「我的意思是說……總經理是個值得大家尊敬的好人。」

「那當然是、那當然是。」大新的嘴裡雖然這麼說，但是任何一個人都可以從他的笑臉看出，他心裡想的根本是另外一回事。「妳點餐了嗎？」

孺人看到菜單上高昂的價格根本吃不下。「不，我不餓。」

洞悉世事的大新，假裝討好的說：「可是我很喜歡吃這裡兩人份的鴛鴦牛排耶，所以請妳委屈一點的陪我吃好嗎？咦？妳不是有事要跟我商量嗎？那我們正好可以慢慢的邊吃邊談。」

實在沒有拒絕的理由，孺人感激的點點頭。

前菜送上來了，大新體貼的等孺人用完才開口。

「喜歡嗎？」

「嗯，很好吃。我本來不太敢吃生菜，但是這醬汁的味道真好。」

「我喜歡看現在的妳，單純而滿足。記得要繼續保持下去。」

「羅經理……。」

大新和煦的笑臉和愛護的語氣，令孺人更難啟齒。

「羅經理，您為什麼要對我這麼好？」

「什麼？」

孺人煩躁不安的玩弄叉子。「我知道您幫了我一個很大的忙，讓我渡過了家裡的經濟難關，如果我現在抱怨您對我太好就顯得有點忘恩負義了。可是，我真的沒有想到事情會變成這樣。既然事情已經發生了，只有一個解決的辦法。不過您放心，雖然我離職了，但是我一定會努力工作，繼續償還我欠總經理的債務。請您相信我，我一定會信守承諾的。」

孺人激動得緊握叉子，眼神堅定無比。對照之下，大新卻是一臉的茫然，彷彿墜入一個無知的時空。

「怎麼突然跳這麼快？我是不是漏聽了什麼？剛才還吃得好好的，怎麼一下子就扯到辭職？這中間到底發生了什麼事？」

孺人原本不想讓風言風語困擾大新，現在不透露一點實話，實在很難交代過去。

「我今天在公司聽到一些流言，有些同仁誤以為總經理和羅經理對我好，是因為我用了不正當的手段。我個人的感覺是無所謂，可是我不能漠視謠言傷害總經理和您的人格。如果我不離開，我擔心謠言會越傳越大，甚至引起經理夫人的誤會，到時候就很難收拾了。」

大新終於擺出經理的臉孔，正經的沉思。

「有這種流言啊，真傷腦筋啊。尤其是總經理接掌的是家族企業，連一般的主管都尚未肯定他的領導能力，現在還傳出這種負面的耳語，確實會影響到總經理的權威性。」

「對不起，都是為了我。」

「這不是妳的錯。而且，這幾個月以來，妳證明了自己是個好員工，值得總經理的提拔。那麼，在找工作方面，有什麼我可以幫得上忙的嗎？」

「謝謝經理的關心。我有一位很好的女同學，她的哥哥是醫師。我已經麻煩他幫我找看護的工作了。」

「看護啊？那可是工作量大又需要耐心的工作，會很累的喲。」

大新不贊同的搖搖頭，他的憐惜差點讓孺人的眼淚奪眶而出。她自憐又無奈的唉聲嘆氣。

「累一點其實也蠻好的，至少可以忘掉現實的煩惱。」

她說得輕聲細語，若不是因為大新是個有心人，還真聽不到呢。

「什麼是現實的煩惱啊？」

「啊？什麼啊？」

真討厭，大新的耳朵真靈，現在他的眼神就閃著不懷好意的光芒。孺人假裝專心的攪拌咖啡，實際上是要拖延時間，避免回答。

「別這麼客氣嘛，有什麼煩惱儘管說，說不定我能幫得上忙啊。」

大新的笑容明白的表示，他知道孺人的煩惱是來自於感情方面的問題，並且也有能力幫忙她。孺人當然不好意思向他剖白自己的感情世界，正好剛走進來的客人解救了她的尷尬。

「那位小姐好像是……。」

大新順著她的眼光看過去，原來是淨心一家四口，他們正由領檯小姐帶往二樓。

「哦，是淨心啊。她是總經理的三姐，旁邊的是她的先生和兩個寶貝女兒。」

「她們……那兩個小女孩看起來好乖、好幸福的樣子。」

「是啊，她們可是總經理最愛的小寶貝。總經理有三個姐姐，前兩個姐夫是公司裡的經理，只有這個三姐比較特別，她與她的先生是高中時候的同班同學。那個時候公司的業務剛起步，所以她也算不上是千金大小姐。後來前董事長的事業越做越順利，她的先生也去當兵了，再加上她自己本身的條件也很好，有很多第二代的富家公子在追求，所以周圍的人都以為她會鬧兵變，結果是我們錯了。妳也看到了，她的先生相貌普通，現在也只是個國中老師而已，可是他們一家子很幸福。淨心真是個好母親，她不愛名牌，平日簡樸度日，只要經濟一許可就會帶女兒四處遊玩、上上館子，她說這也是生活教育的一部份。所以說呢，並不是每個人都會注重門當戶對的問題。妳懂我的意思吧？」

沒有必要在聰明人面前繼續裝傻。「你是指王寶釧與薛平貴？」

「不，」大新特別強調性別。「我說的是王子與灰姑娘。」

孺人自我安慰的苦笑。「不，我不是灰姑娘。我認為灰姑娘是因為缺乏家人的親情溫暖，才會頭也不回的衝向愛情的懷抱。但是我不一樣，我有疼我的父母、有尊敬我的弟弟妹妹，只是家裡經濟差了一點。如果人生無法十全十美，我認為我是幸福的。所以，我不是灰姑娘。」

大新似有若無的點點頭，心裡既感動又欣慰：還好妳這麼懂事，淨德可是我最疼愛的表弟，我可不能讓一些庸脂俗粉的勢利鬼纏上他。

大新靜靜的喝完咖啡，算是要結束今天的會面。

「妳是個好女孩，我喜歡有妳這樣的朋友，所以以後如果有什麼困難，可以儘管來找我。」

「嗯，謝謝您這些日子以來的照顧，我永遠不會忘記羅經理的。」

第七章

當天稍晚，倚光輕叩倚強的房門。

「哥，我可以進來嗎？」

「好，進來。」倚強正伏在書桌前閱讀一本英文書。

「我有沒有吵到你？」

「沒有，這只是消遣性的小說，跟妳聊天也是一樣。」

倚光跳坐到書桌上，做哥哥的溺愛的沒有斥責。

「哥，我有個朋友想找看護的工作，你能幫她嗎？」

「看護啊？應該是沒問題。前幾天有一位病人家屬向我提起，她不喜歡外籍看護，希望我幫她介紹一個本國服務態度不錯的。不過，妳的朋友有執照嗎？」

「沒有。可是我說的朋友就是孺人啊，你不是常常誇她溫柔又懂事嗎？而且她聰明又細心，一定可以勝任的。」

「是她嗎？是她我就可以放心的推薦了。她家裡最近的情況怎麼樣了？有沒有改善一點？」

「慢慢吧，她說她有信心會讓家裡的情況越來越好。」

「嗯，難得有這麼好的女孩子，我們有機會是應該多幫幫人家的。」

「我知道。哥？」

倚光聲調裡的遲疑引起了倚強的關心。

「怎麼了？」

「哥，你是不是很喜歡陳小姐？」

「啊？妳怎麼會突然問這個？」

「人家關心你，想多瞭解一下嘛。」

兄妹倆從小就無話不談，此時倚強自然坦白的說出心中的感覺。

「陳小姐是個很優秀的護理師，除了專業知識以外，她的個性也很溫柔善良，和她交往這幾個月以來，我們相處得非常好。」

倚光的心裡有了最壞的心理準備。「你會和她結婚嗎？」

「結婚？我認為結婚是一輩子的事，需要慎重的考慮和強烈的衝動。而我和陳小姐目前的階段還只是在互相摸索對方的性格，現在談結婚太早了。」

「你的意思是不一定會和她結婚囉？」

倚光忽然欣喜的表情讓倚強感到莫名其妙。

「目前我是很喜歡她，可是我不知道我會不會和她結婚。因為結婚還得顧慮到雙方的生活習慣是否合得來之類的。」

「哥。」

倚光移到倚強的跟前。少女單戀的苦澀，讓她甜美的五官一下子轉成哀愁的怨婦。倚強的心狠狠的震動了一下，他那個愛撒嬌的妹妹什麼時候長大了。

「哥，我一直知道我們不是親兄妹，所以我以前對你說的話都是真心的，絕不是兒戲。我這輩子最大的心願就是能當你的新娘子。」

「倚光，妳……。」

倚強驚訝得想拉開兩人的距離，可是倚光快一步的按住他，順勢的偎在他的胸前，緊抱著他不放。

「我已經長大了，而且我們絕不會有相處上的問題……。」

「等一下，倚光，聽哥說。」倚強雙手扶住倚光的肩膀，將她推至一臂的距離。「妳還年輕，又沒有離開過這個家，所以根本搞不清楚愛情和親情的差別。」

「我懂，我一直都很清楚自己的心意。你這麼說只是因為你不喜歡我，對不對？」

倚光撥開哥哥的手，起身要走。倚強拉住她的手，語氣裡滿是溫柔與苦澀。

「妳錯了。我就是因為太喜歡妳了，才會寧願要妳當我的妹妹。」

「你騙人。」

倚光聲音裡的嗚咽，讓倚強更心疼。

「傻丫頭，愛情會比較好嗎？為什麼？浪漫？還是纏綿緋惻？在我看來，情人會分手，夫妻會離婚，但是親人永遠是親人。不管以後我會不會結婚，妳在我心中永遠都有一個特殊的地位，是任何女人都無法取代的。妳懂嗎？」

「哥……。」

倚強知道自己不該說出內心的祕密，但他不忍心看倚光盲目的難過。

「其實，愛情和親情的界線本來就很模糊。有很多夫妻結婚數年後，彼此的激情轉薄，相處的感覺就像親人一樣，雖然還能和平相處，但是少了愛情的憧憬，總是有些遺憾。所以，我認為這個世界上最好的感情，還是親情，永遠都不變。」

倚光看著哥哥眼裡激動的溫情，知道他也在掙扎，想讓她有一個安全美好的未來。這樣就夠了。

「哥，對不起，我現在懂得你的心意了。我太傻了，不該只執著於一種關係。」

「傻丫頭，妳不需要道歉。哥希望妳能幸福，希望妳能多關心周遭的人，用心去發掘別人的優點。緣份到了，妳自然就知道什麼是愛情了。」

倚光擤擤鼻涕，擦擦眼淚。「那太難了，因為哥太完美了。」

倚強擺了一個自傲的手勢。「說得也是。到目前為止，還沒有什麼事可以難倒我。對了，妳知道我們之間最大的阻礙是什麼嗎？」

「什麼？」

「妳忘啦？妳小的時候我還幫妳換過尿布呢。」

「哇，哥，你好討厭哦，幹嘛提這個？」

在倚強的笑聲中，倚光落荒的逃回自己的房間。

※　※　※

第二天，大新找了個空檔，假裝漫不經心地提起孺人要離職。因為總機離職是小事，根本不必往上呈報，所以淨德僅是點點頭，算是聽進去了。

之後的一個星期，淨德忙於開會，孺人則負責指導新人交接。因為倚強已幫她安排好工作，所以她連晚上的兼差也辭了。但是她和志軍約好要保持聯絡，因為志軍堅持想知道她和淨德會有什麼「下場」。

上班的最後一天，孺人刻意拖延離開公司的時間，她想再向淨德或大新道謝，當然最主要的是希望能再見淨德一面。等了半個鐘頭，重要幹部會議還沒結束，孺人只好遺憾的再環視一遍辦公室，黯然的回家。

所謂的考驗，就是出其不意、接二連三的災禍降臨。當孺人意興闌珊的回到家中，她在玄關處脫鞋時，便覺得今天家裡的氣氛不太尋常，特別安靜，平常她的小弟都會衝出來迎接她回家。她忐忑不安的走進客廳，弱智的小弟神情害怕的迎上前抱緊她，其他的家人都垂頭喪氣的癱軟在沙發上。

「發生什麼事了？」

這話一出，母親立刻不顧體面的嚎啕大哭。孺人看向坐在輪椅躲在角落的父親更顯得萎縮，若不是他的雙肩在抖動，孺人還以為是父親失去意識了。

「到底發生什麼事了？」孺人只好問懷裡的小弟。

「媽媽……媽媽剛才好兇哦。」

孺人牽起小弟的手，走到母親的身邊，溫柔的順順她的後背。

「媽，有什麼困難大家想辦法解決就好了嘛，妳不要這麼傷心。」

母親緊抓著女兒的手，痛得孺人很想抽回來。「孺人，媽對不起妳。可是……這一次是真的沒有辦法了。」

「媽，妳先別哭。不管是什麼事，我一定會想辦法解決的。」

母親終於停止哭泣了。從以前到現在，她一直都是靠著孺人的鼓勵咬緊牙關的撐過來。

「剛才房東唐伯伯來過，他說他兒子的建設公司最近生意不好，欠了人家很多的錢，所以他準備把這間房子賣了，不能再借我們住了，並且要我們趕快還欠他的五十萬。現在我們又要搬家又要還錢的，這一下子叫我們到哪裡去找房子住、找錢來還。我們真的是無路可走了，怎麼辦啊……？」

又是錢，孺人的精神都散了。這錢又不是能瞬間變出來，要賺也需要時間。如果回去找淨德或大新幫忙，前債未清，她要如何開口？

小弟拉拉她，孺人才注意到全家人都像期待救世主降臨般的望著她。可是，她還能有什麼辦法呢？

「姐，」麗賢看出她的為難。「這是全家的問題，不能只倚賴妳一個人，所以我也要休學去工作。」

妹妹的貼心，提醒了孺人身為長姐的責任。雖然家境不好，可是麗賢和大弟國賢都是學校裡的資優生。無論如何，即使要犧牲她個人，也不能耽誤弟妹們的前途。

「不行。妳才高一，在法律上還是未成年。你們目前最重要的就是把書讀好，不要讓爸媽多操心就行了。」

「可是，我們要去哪裡湊這麼多錢呢？」

「姐會想辦法的。」

「姐……妳不會去做傻事把自己賣掉吧？」

「啊？」母親緊張得大叫。

倒是國賢老氣橫秋的說：「算了啦，大姐那種身材還沒有做傻事的本錢呢。」

做傻事？孺人想起以前在酒店打工時，聽到小姐們在議論淨德正在物色新的女伴。雖然自己的條件有些不足，可是清白之身總有些價值吧。也許……。

「大姐，」國賢打斷孺人的暗自盤算。「妳在想什麼？如果妳真的打算要犧牲自己，我從明天開始就逃學不讀了。」

「不行，你不可以逃學。我……我只是在想要怎麼開口向朋友借錢。」

母親憂心地問：「妳能向誰借？妳原來的老闆嗎？可是妳上次借的錢還未還清，人家會再借給妳嗎？」

孺人咬咬嘴唇。「我也不知道，總得試試看再說。」

「唉，妳年紀輕輕的就向人家借那麼多錢，把名聲打壞了，以後要怎麼嫁人？」眼前的難關都不一定過得了了，哪還能想到以後啊。

這時候，一直沉默的父親，突然放聲哀嚎。孺人聽得心酸，卻引起母親的不悅。

「你還敢哭，都是因為你，這個家才會變成這樣。你就只會把錢往大陸那邊送，現在生病了，你怎麼不去那邊讓他們照顧，為什麼要留在這裡拖累我們？」每次一牽扯到錢，母親總要一吐心中的委屈。「那邊的是你的老婆孩子，難道這邊的是我在外面跟人家偷生的嗎？我跟了你二十年，有享受過什麼清福嗎？好好的一個家被你搞得淒慘落魄，你對得起我們母子、對得起孺人嗎？」

「媽，妳不要再說了。爸他當初也沒想到事情會變得這麼糟。」

「可是……。」

「媽，我們是一家人啊。既是一家人，哪有什麼對得起、對不起的。再說，爸接濟的總是自己的親人，就算分離了幾十年，畢竟血濃於水，爸這麼重感情，我怎麼能怪他呢？如果不是他重情重義，我今天哪能過這麼好？」

「孺人啊，妳這傻孩子喲，妳啊……。」母親又氣又心疼孺人這般懂事，象徵性的拍打她。然後又用食指指著先生：「老魯，你聽到了沒有？老魯？」

做父親的哭得更大聲，自責得抬不起頭來。

「好了，媽，不要生氣了。」孺人擦擦母親的淚水。「這麼晚了妳還沒做晚餐吧？我隨便弄一弄，待會兒還得出去找朋友幫忙呢。麗賢，妳帶爸去洗洗臉。國賢，你來幫姐剝菜。媽，妳休息一下，別再難過了。」

孺人熟練的安撫家人的情緒，誰也看不出她下了自我毀滅的決心。

※ ※ ※

晚餐後，她騎車到公司附近，她祈禱希望淨德還在加班，她找了個公共電話直撥他的專線。

「喂，你好？」

「總經理嗎？我是魯孺人。你現在有空嗎？我……我想跟你……，我可不可以……。」

「妳上來吧，現在沒有其他人。」

孺人雙手顫抖著掛上電話，再過幾分鐘她的生活就要徹底改變了。應該不可怕吧？不是有很多人都在做嗎？更何況他是自己心儀的對象。可是，如果一陣子之後他嫌棄而去，到時候自己更愛他了的話，該怎麼辦？

人已到了門邊，孺人無暇再想，抱著壯志成仁的決心舉手敲門後，順著裡邊的應答聲推門而入。淨德招呼孺人落座，再遞上一杯溫熱的花茶。

孺人正處在情竇初開、愛作夢的時期，敏感的注意到兩人手捧的是一對情侶組的馬克杯。也許這只是因為淨德手邊沒有其他的容器，也或許這杯子已經有很多人用過了，但孺人仍然自做多情的期待雙向愛情的發生。

「找我有什麼事？」

淨德公事公辦的語氣，立時讓孺人的熱情減了一半。

「不要客氣，有需要我幫忙的地方妳就直說。」

「我……真是抱歉，照理說我已經離職了，本來不應該再來打擾您。實在是事情來得太突然了，我一時找不到其他的人可以幫忙。今天我回家時才知道債主急著要我們還五十萬，所以……所以……。」

「沒關係。因為妳在公司的表現很好，很負責，所以我相信妳，這點小錢不是問題。」

雖然孺人認為淨德內在的善良和外在的嚴肅氣質不太協調，但是她怎麼也無法想像淨德會是個喜好尋歡作樂的人。不過，也許是她私心裡的愛慕冀望有這種安排吧。所以她大膽地不顧一切的說出來。

「總經理，我知道我長得很平庸，可是如果你不嫌棄的話，我願意……。你放心，我很健康，我會努力使你滿意。如果你不嫌棄的話……。」

孺人還未說完，已看出淨德的臉色不對。但是話已說出，收不回來了。淨德走回桌前，無言的開了一張即期支票。孺人看他的神色，說是疲憊，更像失望與壓抑著怒氣。她知道自己錯了，不但錯估了淨德的品格，還使自己出了一個大洋相。

淨德是在生氣。氣孺人不懂得尊重自己，氣她竟將他看成是趁機佔便宜的好色之徒。他撕下支票，準備遞給孺人時，她已經抽抽噎噎的哭起來了。

「對不起，我不是要侮辱你。是因為你對我很好，可是我又沒有一技之長，不能幫你任何忙，所以……所以……。可是你一直對我很好，所以我才想做些什麼來報答你。我……我……我……。」

淨德嘆口氣，溫柔的將面紙傳給她。「家裡都靠妳一個人嗎？沒有其他比較年長的人可以幫忙嗎？」

孺人搖搖頭。「我現在的父親是山東人，現在的母親原本是養女，被她的養父母半賣半嫁給現在的父親。」

「妳說，現在的父母？」

孺人點點頭。「很多人都說我的名字很難唸，那是因為我的本姓是楊。我的養父告訴我，他和我的生父是同一個部隊的。那個時候已經有很多的外省老兵在台灣再娶了，可是他一直念念不忘在大陸的老婆孩子，所以經常借酒消愁，每次喝醉了就找人吵架或打架。同袍間大家都不喜歡他，只有我的生父體諒他，遇到假日就邀他回家吃個便飯。我養父說他第一次看到我時，我才三個月大，上面還有兩個哥哥，全家都很疼我。所以雖然我還小，但是已經很愛笑了。我養父說我特別投他的緣，他只要一有空就往我家跑，為的是能多抱抱我。後來我八、九個月大時，過年快到了，我父母為了趕辦年貨，順便幫我兩個哥哥買新衣服，就把我留給養父照顧，他們四人共騎一輛機車出門。沒想到……沒想到半途竟然發生嚴重的車禍，全家只剩下我一個人。當時我的養父義無反顧的收養我，為了好好照顧我，他還勉強自己結了婚。本來他只是要替我找個母親，漸漸地他也對返回老家的希望死了心，所以後來才替我添了一個妹妹、兩個弟弟。」

孺人停了停，喝了一大口茶才繼續說。「我養父的薪資所得雖然不多，但是養母從小就過慣了苦日子，她勤儉持家慢慢的也存了一點錢，準備買幢自己的房子。可是幾年前養父和大陸那邊聯絡上了，他瞞著我們匯了好幾次的錢過去，最後一次甚至把預備買房子的頭期款也全數寄過去給他們蓋樓房。後來我養母只好起了一個會，其中有位先生跟了兩個，他在一開始的時候就連續標走了。本來我們也不擔心，因為他有固定的收入，又是十幾年的老鄰居。可是我們都不知道他有心臟病，然後……然後他就突然病發死了。我養父聽說他還有妻子兒女的，就跑去請他們繳完剩下的會錢。可是他的太太卻說他們早就離婚十幾年了，她先生在外的事與她無關。我養父氣不過，和對方大吵了起來還是沒有結果。他回家之後越想越生氣，結果把自己氣壞了，造成右半邊的身體中風。後來，現在的房東同情我們的遭遇，把他自己多餘的房子借我們住，還借錢給我們先緩緩其他會員的追債。現在他的兒子有了困難，我們也希望能給他方便，儘早把錢還清。所以……所以……。我覺得這兩年自己好像一直在做惡夢一樣，永遠都不會醒。」

孺人不會輕易的向人吐露家中的困難，她只是希望淨德能瞭解自己並不是隨便的人。

「看來這個重擔妳還得扛好幾年呢。」

只要一想到家人，孺人再壞的心情也能立刻好轉。她溫柔的搖搖頭，剛才尷尬的沮喪已經不見了。

「對我來說，這不是重擔。能支撐這個家、照顧家人讓我覺得很驕傲。不管有沒有血緣關係，我們一起經歷了很多事，擁有共同的回憶，以後無論多苦，只要回憶童年時養父母對我的疼愛，我就覺得我的人生很幸福。」

孺人的臉霎時充滿母性的包容與慈愛，讓淨德想起他年輕孤單的心靈初遇英格時的感動，那滿溢的溫情令人流連忘返，想緊抱不放。他忘情的伸出手。

兩個人之中不知道是誰比較驚訝。孺人沒想到淨德會吻她，雖然她沒有經驗不懂得反應，但淨德的溫柔讓她初次體會身為女人受人憐愛的喜悅。

淨德也迷惘了。他竟然將她和英格重疊了。不，她不是英格，她比英格堅強多了。雖然如此，看她瘦弱的雙肩未來得承受那麼多的苦難，他好心疼啊。

他的手著迷地留連在孺人細嫩的臉頰上，直到看進她明眸懵懂的期待才清醒。不行，她還小。對於人生懂得什麼。長大脫離家庭之後，她知道自己要的是什麼嗎？就連他自己，目前除了工作以作，也無心棧戀其他。他應該放她走，還她一個自由的空間，多幾年的時間做多一點的選擇。

「妳看，我也不是什麼好人。」

為什麼魔法總是無法持久？孺人必須認清事實，兩人的距離相差太多了。短暫的相吸並不代表什麼，更多的一夜情在事後翻臉不認人。

為了避免尷尬，孺人必須否認剛才的激情：「不，你是好人。如果我的兩個哥哥還在的話，一定也像你一樣，堅強又仁慈。」

她竟把他看成像哥哥一樣。這樣也好。

「答應我，今後要好好愛惜自己，不要輕易的妥協。妳要記住，不管身份地位，每一個人都是獨一無二、都是特別的。」

「我知道。那我要如何把錢還給你？」

淨德在便條紙上寫了一個帳號後撕給她。「這錢不急，最重要的是照顧好自己的身體。」

「謝謝總經理。你也多保重，工作別太累了。」

「來，我送妳回去。」

「不用了，我是騎車過來的。」

「好，小心點。」

孺人離開後，淨德也無心再辦公。他打開窗戶，沐浴在強勁的夜風中，俯視眼下燈火輝煌的車水馬龍。這麼多人這麼匆忙的在忙什麼，只是為了回家吃飯或是趕著見愛人一面嗎？

愛人？他應該放她走嗎？留下她又能給自己帶來什麼？目前他只想讓工作上軌道，建立自信心和得到屬下的尊重。所以他關上窗，也關閉自己的七情六慾，再度的投入工作中。

※　※　※

差不多這個時候，大新打電話給淨心。

「你說什麼？他讓她離職了？」

「沒有辦法呀，這是為了公司的安寧。淨德也不能發表任何聲明，否則謠言越弄越大越離譜，他更難管理公司了。」

「可是，你不是說淨德有點喜歡那個小姐嗎？」

「我是這麼認為啦。旁觀者清，我想他還沒明白自己的心意。」

「怎麼說？」

「缺少個藥引子。」

「什麼意思？」

「淨德現在的心思全放在工作上，他把繼承家業當成是人生的使命，他急著要做出點成績來收服人心，根本沒有心情煩惱其他的事。另一點是，他不敢肯定魯小姐究竟是不是他的人生伴侶，既然沒有把握，沒有事件刺激他看清自己，他當然只能讓她離開。」

「這……，淨德他小的時候不是這樣的。」淨心急得語帶哽咽。「他小的時候熱情奔放，喜怒哀樂統統藏不住。他一定是在德國吃過很大的苦，所以今天才會這麼內斂、冷漠，對人性沒有信心。」

「妳想得太嚴重了。他這樣謹慎一點也是好的，難道妳希望他是見一個愛一個的花花公子嗎？」

「當然不是這麼說。我只是捨不得他孤單一個人，冷冷清清的沒有生氣。」

「不會的。等過一陣子和善茂集團合作的方案有個結果，淨德的精神放鬆了，我們再慢慢的誘導他就好了。再說一個大男人如果心裡老是想著情啊愛的，豈不成了娘娘腔了？」

天性浪漫的淨心才不贊成這種論調，她用酸溜溜的口氣反駁。

「是啊，吳三桂那個娘娘腔，為了一個陳圓圓不知道殺了多少英雄好漢啊。」

「是，我錯了，我向全國偉大的女性同胞們致敬，愛情萬萬歲！可以嗎？」

大新可不敢得罪淨心，否則她如果向愛妻通風報信，兩個女人連成一氣的話，他就沒有清靜的日子可過了。

淨心吸吸氣，突然有個怪念頭。

「你想……淨德會不會是對女人沒有興趣？」

大新知道前一陣子淨德包養酒店小姐的事，只是他不懂淨德一向律己甚嚴，怎麼會用這種方式來解決生理需求。而且那一陣子他並沒有比較快樂啊。更何況以他的條件，要交女朋友是輕而易舉，他就是不懂淨德為什麼不肯付出感情來好好經營愛情。

「關於這一點妳儘管放心，我保證淨德是鐵錚錚的男子漢。」

「唉，我想也是。其實就算他是同性戀也沒有關係，只要他能快樂才是最重要的。」

「別再哭了。被妳老公聽到了，還以為我們倆在搞不倫戀，我把妳拋棄了呢。」

「哼，有我老公在，永遠也沒有你的份。」

「哎喲喂呀，你們方家的人是不是都眼高於頂、目中無人啊？」

第八章

孺人第一個看護的對象是個七十幾歲的外省老太太。她本身雖然有糖尿病，可是身子骨還很硬朗，性情也樂觀又堅強。所以即使她的兒子、媳婦皆為高級主管，又有孫子、孫女的，她仍然執意不請幫傭，一個人把做家務當做運動，整理得讓媳婦沒有後顧之憂。不過前一陣子她不小心在家裡跌了一跤，骨盆有輕微的脫臼，這下子不得不認老，得依靠外人來照顧。她的媳婦王曉穎為了略表孝心，寧願多花些錢找個本國看護來照顧婆婆。大概是她多日操勞過度，極度渴望能卸下一些身上的負擔，所以在看到孺人時，即使有些失望，她也沒有多加挑剔。

「沒想到妳這麼年輕，不過妳既然是董醫師推薦的，我相信妳的能力一定不錯。我婆婆的性子很好，可能是我公公去世太久了，她很寂寞，所以喜歡找人聊天。有時候她會一直重覆相同的話題，妳不用仔細聽，偶爾應她兩、三聲就行了。她的年紀大了，如果耍耍小脾氣請妳一定要忍耐，千萬不要惹她生氣。知道嗎？」

「是。」

「還有，平常妳只要上白天班就好了。可是有時候我會出差，必須請妳連續看顧日夜，當然加班費另計，這樣可以嗎？會不會影響到妳的正常作息？」

「不會。」

「那太好了。」

於是孺人開始戰戰兢兢的工作了。

老太太喜歡別人稱呼她為寶奶奶。孺人每天早上會先幫她擦澡，將床調整到她覺得舒服的角度，然後再定時的幫她翻翻身，做些輕度的全身按摩。

「好啦，行了，ㄚ頭。別這麼辛苦的忙著，妳先坐著休息一會，再唸些報紙給我聽吧。」

「好。寶奶奶，妳想先聽哪一方面的消息？」

「不用整份唸，我喜歡聽明星的，還有社會版的，就是殺人變態那一些的。」

「啊？」

孺人驚訝的表情讓寶奶奶不好意思的承認。

「這種新聞才刺激嘛。」

「噢，好，我唸。」

雖然有些情節讀出來很尷尬，孺人還是硬著頭皮做。還好這個六人的普通病房，擠了很多病人家屬，人聲鼎沸的也沒有人注意她。

一個星期以後，孺人和寶奶奶已融洽得彷彿是親祖孫。寶奶奶的個性隨和，比較難纏的是吃東西不忌口，尤其是偏好糖漬地瓜。而孺人的心腸軟，對老人家撒嬌般的哀求最沒有辦法拒絕，常常得昧著良心替寶奶奶走私食物。後來她和寶奶奶達成協議，老人家每吃過糖漬地瓜，就得喝一杯葡萄柚原汁來平衡一下。除此之外，寶奶奶同誰都能隨意的聊上兩句，這樣一來，孺人的工作便輕鬆多了。她一有空閒就喜歡觀察病房裡的人來人往。

人生百態大概就是這個意思吧。有的病人是只有鰜鰈情深的老伴陪著，而有外籍看護，雖然缺少些親情，不過身邊總有侍候的人。情況比較糟的是最裡邊病床的老太太，由數個子女輪流照顧。不知道是她的子女們都事業有成時間不多或孝心不夠，有的時候接班的兄弟姐妹還沒來，當班的就已用各種理由推托先行離開了。

像今天來的是個年約二十出頭的年輕人。老太太不悅地大聲問：「今天怎麼是你啊？你媽呢？」

「媽有事在忙走不開，叫我來陪妳。」

老太太心情不好，也顧不得要壓低嗓門。「哼，很忙？又沒有做什麼大事業，一天到晚喊忙，賺的錢在哪裡？我怎麼從來沒看過？」

祖孫倆的對話引起全病房的人全神貫注的傾聽，年輕人尷尬的儘量壓低音量，無奈老人家不肯合作。

「奶奶，不要生氣啦。妳餓不餓？我去買點心。」

「一肚子滿滿的氣，怎麼會餓？你媽偷懶就叫你這個小孩子來，等一下我如果要上廁所，你要怎麼扶？」

「奶奶，妳不用擔心，我的力氣很大。」

「我不是說這個。你是男孩子，我怎麼好意思？」

年輕人發覺避免繼續丟臉的方法，就是趕快住口。所以他識相的不再接話，任由老人家自個兒的嘮叨。

寶奶奶像是看了一齣戲，有感而發的對孺人說：「錢是好東西嗎？如果不懂得運用，就跟廢物沒兩樣。我媳婦雖然不是喜歡熱絡的人，但她用錢把我照顧得舒舒服服，這也是很難得的。」

「嗯，我也覺得她人很好，只是比較文靜。」

「是啊，她很愛工作。這我不怪她，有能力是件好事。我兒子總說我的話太多，可是像我媳婦都不愛講話，我都不知道她在想什麼。以前我常常會買一些特別的東西給她吃，結果她都不喜歡。我兒子怪我不瞭解自己的媳婦，可是她不愛說話，有時候我想多疼疼她，也不知從何疼起啊。所以啊，我現在再也不敢自己揣摩她在想什麼，有什麼事就直接了當的說，比較省事又不麻煩。」

孺人想起了淨德。他也不愛講話，很難捉摸他的個性，自己誤解他了嗎？如果不瞭解他，怎麼會愛他？

「啊，對了，ㄚ頭。我媳婦說她明天要出差，妳明晚能不能來陪我？」

「好，沒問題。」

隔天晚上，孺人就著醫院提供給家屬休息的躺椅睡覺。半夜兩、三點時，她朦朧的聽到有人在喊：「來人啊，怎麼都沒人啊？」她迷迷糊糊的起身，原以為是寶奶奶有什麼需要，結果是裡邊病床的老太太要上洗手間。孺人好心的走過去探視。

「老太太，妳要上廁所嗎？」

「是啊。我孫子不知道跑哪去了，真是的，不情願的話乾脆不要來算了。」

別人的家務事，孺人不好回話，她靜靜的扶著老太太來回。剛幫老太太躺好，她孫子就回來了，小伙子沒想到會遇到溫柔的小姐，靦腆的向孺人道謝。

「小姐，謝謝妳，麻煩妳了。」

「沒什麼，別客氣。」

孺人怕吵醒其他人，趕緊輕手輕腳的回自己的地方繼續睡覺。留下祖孫倆還在爭論。

「阿文，你是跑到哪去？需要你的時候，偏偏不在。你如果待不住，就回去睡覺好了，有事情我會自己想辦法。」

「沒有啦，奶奶。我肚子餓，所以跑去買點麵包，我怎麼知道妳剛好醒來了。」

老人家又喃喃唸了些什麼，孺人聽不清了。

人生至此，還有什麼尊嚴？

孺人想到自己有一天也會老，到時候不知道自己是子孫滿堂，還是孤單老人？如果能有相親相愛的人陪伴，老又有什麼好怕的？

沒多久天亮了。各床的病人家屬都埋頭忙著幫病人做清潔的工作，或打理早點。孺人正在侍候寶奶奶吃早餐的時候，有人也替她準備了一份。

「昨晚給妳添麻煩了，真不好意思。」

孺人謙虛的推辭。「你太客氣了，只是舉手之勞而已嘛。」

年輕人礙於寶奶奶在一旁好奇的瞅著，草草的說：「無論如何還是謝謝妳，這點早餐不成敬意。啊，我嬸嬸來了，再見。」

他走得匆忙，孺人只好收下。她知道寶奶奶迫不及待的想瞭解事情的來龍去脈，就主動簡單的說了一下昨晚發生的小插曲。

寶奶奶聽了以後，經驗老道的說：「這小伙子手腳挺快的。」

「什麼？」

「傻丫頭，他喜歡上妳了啦。」

「怎麼會？我們昨天才第一次見面。寶奶奶，您別開玩笑了。」

「妳不相信？」

「我有什麼好？人家才不會喜歡我呢。」

「妳心地善良啊。每次我在講話的時候，妳都很仔細在聽，不像很多人都只是隨便虛應我兩聲。」

「因為您說的事都很有趣，我很喜歡聽呢。」孺人難得有可以撒嬌的機會。

「妳喲，小馬屁精。折騰了一晚，我看妳先回去梳洗一下再來吧。我暫時一個人沒問題的。」

「好，我很快就會回來。」

孺人才走出病房彎到走廊，立刻被人跟蹤。直到停車場，後面的人才現身。

「小姐，請等一下。」

孺人回過身，驚訝的面對來人。

「對不起，耽誤妳一點時間。我……我叫莊長文，我……我想有沒有這個榮幸和妳交個朋友？」

孺人的腦海立刻閃過寶奶奶得意的笑容。可是她只是愣愣的看著莊長文窘迫的紅臉，心中沒有一絲喜悅。為什麼會這樣？被追求應該值得驕傲啊。何況他雖然不是性格的大帥哥，卻也五官清秀、舉止斯文，只是少了一些……成熟的安全感。

不行。孺人提醒自己。不能拿他和淨德相提並論，這對他不公平。再說只是做朋友，她不該一開始就設限得太多。

「你好，我叫魯孺人。」

莊長文的臉一笑開，顯得更稚氣。看他那麼高興，孺人有些心虛。她這才想到，她還不曾看過淨德開懷的大笑過。唉，不知道他現在在做什麼？

※　※　※

此時的淨德正準備與善茂集團開最後一次會議，以決定雙方合作的可行性。

三個小時後，淨德意氣風發的走進自己的辦公室，身後還跟著也是笑容滿面的大新和祕書小姐。淨德得意的不只是找到有力的合作對象，更重要的是終於可以向兩個勢利眼的姐夫耀武揚威。

大新討好的說：「凱旋的滋味如何啊？」

淨德的興奮之情正處於顛峰，不加思索的回答：「太棒了，比做愛還爽。」

室內的空氣在瞬間凝結了。祕書小姐紅著臉匆忙的告退，大新憋著笑意，既是高興也是幸災樂禍。

「我可以想見明天公司裡的最新耳語是，原來總經理也是個有七情六慾的凡人。」

淨德癱在辦公椅上懊惱不已。「我毀了，我竟然說出這麼粗魯的話，還當著徐小姐的面。」

「衝口而出的才是真心話。我能不能大膽的假設……。」

「不，你不能。」

淨德先是打斷大新的話，因為他不喜歡與人談論隱私。後來一想大新不只是他的表哥，也是最好的朋友，不該如此拒絕他的關心。所以他馬上放軟語氣。「對不起，你可以。盡量拷問我吧。」

「很可惜，我既不是變態狂也沒有虐待狂。我只是關心你的……男性雄風是不是還健在？」

淨德笑得有些無奈，知道大新又要干預他的人生大事了。「保證完好如初。」

大新明知故問的說：「噢，以你現在的年齡，應該是最雄壯威武的時候才對。不是工作壓力吧？」

淨德高舉著雙手，在半空中劃出不知如何形容的手勢。「不，不是。只是……厭倦了。當一件東西變得垂手可得的時候，它就沒有價值了。現在不需要苦苦追求，甚至不用花錢，只要到夜店晃一晃便可以得到滿足。就是這樣隨便，所以性愛對我已經沒有吸引力了。我現在想要的是一件值得我珍惜、能夠激起我的鬥志、需要我盡全力去保護的東西。」

「恭喜你，這表示你進化了。我認為你需要的是心靈伴侶。」

大新原想要巧妙的刺激淨德去追求異性，可惜他不上當。

「我倒覺得一份成功的事業更具有挑戰性。」

「我不覺得。我認為女人具有變化萬千、不可捉摸的個性，這才需要動腦筋。」

淨德真的很感謝大新為了他的幸福，這樣鍥而不捨的遊說。所以即使他很討厭別人老是向他嘮叨同一件事，他仍是用最溫和的方式拒絕他。

「有個歐洲詩人說，人生最重要的就是工作。因為你不可能連續吃喝八個小時或玩樂八個小時，更不可能連續做愛八個小時。」

大新放棄了。尤其是這一陣子經常和善茂集團開會，他受淨心之託，密切的注意淨德和龍大小姐之間的互動，偏偏兩個事業心都重的人硬是不來電。他嘆口氣。

「我可以要求一個慶功宴吧？」

「豈止是慶功宴，你還可以加薪。」

「謝謝英明、偉大的總經理。」

「少來這一套了。我看我們私人的慶功宴就今晚吧，你順便約高律師看他有沒有空一起來，至於公司方面的就交由總務課去辦吧。」

當晚三個大男人一起吃過日本料理後，又轉到夜店喝點小酒、聽聽歌，約莫十一點才散會。三個人都喝相同份量的薄酒，淨德卻顯得有些微醺。

「淨德，你不要緊吧？」

「沒事。我想在這附近走走，散散酒氣，你們先回去吧。」

高律師不太放心，大新向他點頭暗示淨德喜歡獨處，兩人就各自離去。

淨德隨意的走走停停，越走越起勁，真有些衝動想乾脆走路回家。他經過一條小巷子時，被巷底的吵架聲吸引了。他佇立細瞧，好像是一群不良少年，酒意讓他大膽的走過去。

「快點！把錢交出來。」

「不要，這是我辛辛苦苦賺的錢，為什麼要給你們？」

「少囉嗦，揍他！」

淨德聽清楚是以多欺少的不良少年，立刻上前阻止。

「住手！不許打架。」

不良少年仗著人多，根本不理會淨德的勸告。淨德不得已打了幾拳才把他們嚇跑，臨走前照例要撂下幾句狠話，才算是走江湖的。

淨德扶起受害人，驚訝的發現他頂多是十一、二歲的小男生。「小朋友，你要不要緊？」

「我還好，謝謝叔叔。」

他一說完，立刻緊張的檢查錢包，確定毫無損失後，他拍拍衣服、抹抹臉，露出一個大無畏的笑臉。淨德讚賞的摸摸他的頭。

「我們先離開這裡吧。」

兩個人走到亮光處，淨德仔細打量小男生的外表，認為他的氣質穩重，應有良好的家教才對。

不過，他還是不放心的問：「你家裡是不是有人逼你晚上出來賣東西？」

小男生很聰明，聽得懂淨德的意思。「叔叔，你誤會了，這是我自願的。因為我媽媽生病住院了，我爸爸在國外很偏僻的地方工作，很難聯絡上他。所以我才想利用晚上的時間賺點錢。」

「你的用意是很好，可是你的年紀太小了，像剛才的情形就很危險。來吧，我送你回家。」

小男生聰明的在拒絕之前先看了看手錶，估計著沒有公車了，才禮貌的說：「那就麻煩你了，叔叔。」

他的思想周到，淨德益發的喜歡他，領著他坐上自己的車子。

小男生羨慕的小心翼翼的摸摸車子。「叔叔，你是什麼人？」

「抱歉，我忘了自我介紹。我叫方淨德。」

「真巧，我們的名字有一個字一像，我叫洪淨官。不過，我不是問你的名字。」

「我不懂你的意思。」

「這輛ＢＭＷ很貴，你一定是個大人物。」

這小鬼挺市儈的。淨德倒不介意。

「不，我只是個普通的上班族。你很懂車子？」

淨官害羞的笑笑。「沒有啦，只是我爸爸每次從國外回來，都會帶很多很棒的汽車模型給我。」

「哦？聽起來你父親很疼你。」

小男孩立刻顯得很驕傲。「嗯，他是全世界最好的爸爸。我讀三年級生日的時候，他還特別去學魔術變給我看，因為他的技術太差了，所以我才知道原來魔術都是騙人的。」

淨官想起父親的糗事，笑得很開心。淨德真羨慕他是個幸福的孩子，處在目前惡劣的環境之下，有個好家庭支撐，仍能樂觀又堅強。跟某個人好像。不知道……她最近好嗎？一個人一定很辛苦，他應該給她更多的幫助才對。

「你父親真好，你很幸福哦。」

「叔叔，你父親對你不好嗎？」

這孩子真敏銳，一定聰明又體貼。

「不，我父親也很好，只是他比較嚴肅。」

「嗯，我懂。我媽媽說過，兩種不同的東西可以一樣的好吃，可是口味可以不一樣。」

「對，你媽媽說得很有道理，好人和壞人都是可以有很多種的。對了，你在賣什麼東西？」

「賣花。我媽媽開了一家花店，這幾天她住院，店裡的冰櫃還有很多鮮花，我爸爸說做人不應該浪費，所以我利用晚上的時間到夜店附近賣給情侶們，生意很好哦。」

「所以那些不良少年才會打劫你。」

「沒有關係，店裡的花已經賣完了，而且我媽媽明天就要出院了。啊，叔叔，你能不能在前面的便利商店停一下，我答應我妹妹要買布丁給她吃。」

「你還有妹妹？」

「嗯，她才兩歲。她叫淨妮，不過我們都叫她妮妮。」

「你把她一個人丟在家裡？」

「當然沒有。我家在公寓的三樓，我把她托給一樓的吳奶奶，吳奶奶對我們很好，她做的蔥油餅很好吃。」

淨德將車子輕盈的停靠路邊，淨官俐落的下車走進店裡，不一會便提了一袋東西出來。他拿出一罐果汁，先打開插入吸管再遞給淨德。

「叔叔。」

淨德欣然的接過手，兩人會心的一笑，頗有相遇恨晚的遺憾。

車子行至淨官家的巷口，他看見前方有一老一少的身影，顧不得淨德車子還沒停穩，就急忙的下車衝向前。

「妮妮、吳奶奶。」

小女生聽到哥哥的呼喚，立刻回身跑向他的懷抱，老人家也氣喘噓噓的跟上來。

「哎喲，阿官好孩子，你可回來了。咦，你的臉怎麼了？被欺負啦？」

「沒有啦，沒事。」

老人家不捨的摸摸他的臉。「乖孩子啊，你還是打個電話給你舅舅吧。」

淨官倔強的搖搖頭。「我才不要找他幫忙。」

「可是……吳奶奶的年紀大了，跟不上妮妮啊。這萬一……沒顧好，可怎麼辦？你就不要逞強了，還是請你舅舅幫幫忙吧。」

淨官難堪的承認。「沒有用的，媽媽已經打過了。」

吳奶奶也很為難。她很喜歡這兩個孩子，不忍心袖手旁觀。可是自己老弱的體力，實在無法整天盯著妮妮。尤其是妮妮抬起淚眼汪汪的小臉向哥哥撒嬌。「哥哥，媽媽呢？」她的心就像是被人揪住了，她真恨不得這兩個孩子是自己的孫子。

淨德站在不遠處看著他們。他看淨官像是做錯事的表情，明白好強的他不願意讓新朋友知道家裡的窘境。他猶豫著要不要走過去，吳奶奶看他頻頻探頭的樣子，眼露猜疑防備的兇光，本能的像母雞保護小雞的拉攏兩個孩子。

「阿官，我們趕快回家。」

「吳奶奶，您誤會了。方叔叔是好人，是他開車送我回來的。」

老人家單純的個性立刻轉變。「哎呀，真謝謝你，給你添麻煩了。請裡面坐。」

「不用客氣，時候不早，我不打擾了。」淨德從上衣口袋掏出一張名片遞給淨官。「這是我的名片，你交給媽媽，有需要幫忙的話儘管來找我。你有空也可以打電話給我，我們可以做朋友啊。」

「好。」

淨德臨走前想多看看可愛的妮妮，她卻調皮的故意的躲在哥哥的身後偷笑。淨德只好向吳奶奶點頭致意，轉身回家了。

第九章

淨官的母親洪文玲拿著兒子給她的名片沉思，紙上的名字令她又喜又憂。喜的是他們的緣份不淺，能夠自然認識。憂的是她不能違背自己許下的承諾，所以她不能去找淨德。不過……是他主動結識淨官的，即使她有求於他，也不算是背信。但是，當他知道彼此的關係之後，能大方的接受嗎？

洪文玲就這樣在反覆的思索之下，不知不覺的拖過了兩個月。隨著醫院不樂觀的檢驗報告，促使她採取投機的方式。先讓淨德和孩子們培養深厚的感情，等時機成熟再全盤托出。

正當淨德的生活重心被公事佔滿，漸漸的忘了兩個小朋友之際，祕書小姐用對講機通知他，有一位洪小姐沒有事先預約卻堅持要見他。

「洪小姐？她是做什麼的？」

「她還帶著兩個小孩，她說她的兒子叫洪淨官。」

淨德想了一下才頓悟。「噢，快請他們進來。」

洪文玲一如淨德所想是個溫柔、樸素的女人，他難得熱情的招待客人。

「洪太太，請坐。」

「不，我姓洪。」洪文玲的臉色是尷尬與強烈的暗示，希望淨德不要追問這個細節。

淨德自是聰明絕頂，很自然的跳過。「對不起，洪小姐請坐。淨官、妮妮好久不見了。」

小女孩半是害羞半是撒嬌的往母親懷裡鑽，文玲親膩的撫摸女兒。

「她很喜歡你呢，淨官也是。他這孩子就是喜歡自作主張，什麼都不怕。若不是正好遇到你出手相救，看他以後還能不能皮。」

「我倒是很欣賞他的勇氣。」

小男生驕傲的揚起下巴。「對嘛，爸爸也說男生應該多多磨練。是不是，方叔叔？」

淨德還不來及讚美他，洪文玲已搶先糾正兒子。

「淨官，你看你把方先生叫老了。方先生年輕有為，記得要稱呼方大哥。」

兩個男生無所謂的相視一笑。

洪文玲也不囉嗦，直接提出主題。「方先生，我今天來是有個不情之請。」

「洪小姐，妳太客氣了，有事請直說無妨。」

「是這樣子的。我的身體不太好，常常要回醫院治療，這兩個孩子我又沒有其它的地方可以寄託。不知道能不能在我住院治療時，請方先生代為照顧？」

「媽媽！」淨官驚訝的大聲反駁。「爸爸不是說，遇到困難時要自己先想辦法解決嗎？」

洪文玲歉然的瞄了淨德一眼，再溫柔的哄勸兒子：「淨官你乖，你帶妮妮到這附近散步，媽媽有些話要和方先生說。」

淨官雖然滿腹的猜疑與不情願，還是順從的牽起妹妹離開。

洪文玲嘆口氣，自卑得不敢正視淨德，低著頭幽幽的說：「他是個好孩子，我卻不是好母親，沒有給他一個正當的出身，現在我更慚愧沒能好好栽培他。我知道我們素昧平生，突然提出這種要求實在太過份，但是我希望你能憐惜他是個好孩子的份上，助他一臂之力。」

淨德的君子胸懷完全沒有懷疑她的動機。「妳希望我怎麼做？」

「我目前正在做肝癌的化療，醫生說因為發現得太晚，所以情形並不樂觀。我希望萬一有一天我撐不住了，你能照顧他們兩個長大成人。他們都是好孩子，以後一定會報答你的。」

「千萬別這麼說，我自己也很喜歡他們兩個，能夠幫得上忙我也很高興。不過，淨官知道妳的身體狀況嗎？」

「他還不懂這些健康常識，不過我想他應該已經做了最壞的心理打算。」

「應該？」

「嗯，他的心思從小就很敏感又細心。我想他也知道我和他的父親是不正常的婚姻關係，可是他很貼心，從來沒有明白的問過我們為什麼他是從母姓。也許是這個緣故，所以他的自尊心很強，凡事都不服輸。」

「不過，他還是很尊敬他的父親。」

「那是因為我先生……不，我是說淨官的父親確實是個好爸爸。」洪文玲的神情閃爍，那是因為她不喜歡說謊，淨德卻以為她是不好意思。「如果不是因為他……我是說他目前也有很大的困難，我擔心他過不了這一關，而我的身體又不好，萬一我們兩個大人自顧不暇，會影響到孩子們的前途。」

「我能體諒妳的苦衷，請妳不要把我當成外人，因為我真的很喜歡他們兩個。」

「那……你的家人會有意見嗎？」

淨德沒有注意到洪文玲探測的神色，毫無遮掩的說：「我有三個姐姐都已經出嫁了。我母親的思想很傳統，為了不讓她看了我心煩，我也可以有些清靜，所以我目前是自己一個人住。」

洪文玲心裡有些擔憂，她沒想到淨德與他的母親之間會有摩擦，這樣一來她就沒有辦法順利的達到目的。

淨德不知道她背後的動機，單純的以為她只是不放心他的照顧能力：「我雖然還沒有結婚，但是我有很多外甥，多少也有照顧小孩的經驗。而且淨官很懂事，有他幫我一起照顧妮妮應該沒問題。」

洪文玲看他這般急切，欣慰孩子們還有人疼。目前雙方的關係已經跨近了一大步，她不敢太急躁，以免引起淨德的懷疑。

「那就麻煩方先生了。」

相對於淨德興高采烈的躍躍欲試，淨官就顯得排斥與不安。倒不是他討厭淨德，而是母親的安排有違她一向對孩子的教誨。她總是要他能自立自強，今天卻極度倚賴一個不相熟的外人，莫非她的病……。

洪文玲看著兒子困惑的臉顯得那麼早熟又憂慮，她好難過。她恨自己無法給孩子們一個快樂無憂的童年。她握住兒子的手。

「方先生是個好人。有他照顧你們，媽媽才能安心的住院養病，等媽媽的病好了，我一定會馬上去接你們。」

淨官與母親淚眼相對，他知道事情沒有那麼簡單。「媽媽，妳……妳要加油，妳要趕快好起來，我和妹妹會乖乖的等妳。」

「好……好，媽媽一定會好，一定會來接你們。」

※　※　※

淨德和兩個孩子相處的情況比他預期的還順利。他每天先開車送淨官上學，然後直接帶妮妮一起上班，下午淨官放學後會自己搭車到公司等淨德一起下班回家。

由於事出突然，當淨德第一次帶妮妮到公司時，所有的職員瞠目結舌的對他們行注目禮。尤其是妮妮整天黏著要淨德抱抱，淨德對她溫柔的縱容及百般的呵護，看得女職員們又羨又妒。誰也沒想到原來總經理竟然可以是這般體貼、有耐性的好男人。

大新也很驚訝。他知道淨德很疼愛淨心和自己的小孩，但沒想到淨德會博愛到毫無代價的照顧陌生人的孩子。若不是他深知淨德的為人，他會以為淨德對妮妮是有二十年計劃的栽培，或者妮妮是他的血親。因為自從小女生出現後，淨德整個人開朗、親切多了。

有一次，淨德抱著妮妮同時向大新和秘書小姐交待事情。妮妮居然大發嬌嗔的對秘書小姐說：「妳走開、妳走開。」

妮妮氣嘟嘟的小圓臉惹得大新笑得上氣不接下氣。「總經理，你慘了。我看她已經把你視為禁臠了。」

淨德不以為意的跟著笑，無辜的秘書小姐尷尬得只能在心裡嘀咕。

公司裡的女職員私下替妮妮取了一個酸溜溜的外號，叫無尾熊。因為嫉妒她整天趴在淨德高䠷健美的身上。至於淨官就比較不討喜了。因為他總是愁眉苦臉，容易讓人以為他是個不知感恩的叛逆少年。

只有淨德知道他的苦。淨德為了逗他開心，還特地買了一輛小轎車教他開車。淨官是學會開車了，但是心情還是很低落。甚至他還老氣橫秋的對淨德說：「方大哥，媽媽的身體不好，所以你不要把妮妮寵壞了。」他的深思遠慮讓淨德更加心疼，只好勤帶孩子們上醫院探望洪文玲。只有見到母親，淨官才會回復到一個十二歲男孩該有的天真模樣。

淨心也風聞兩個孩子的事。一天下午，她接兩個女兒放學，順便買了幾盒點心，想到公司一探兩個孩子的魅力何在。她才踏出電梯就驚訝的面對空蕩蕩的大辦公室，平日忙碌穿梭的職員們不知為何都不見蹤影。她困惑的牽著孩子們往淨德的辦公室方向前進，才發現所有的人都擠在總經理辦公室的門口偷窺，而帶頭的人竟然就是大新。

真是太不像話了。

她怒氣沖沖的準備大聲喝止這種荒唐的行為，一位女職員回過頭向她做噤聲狀並興奮的招手要她上前加入。淨心懷疑淨德嚴肅乏味的辦公室會有什麼趣事。她意興闌珊的湊上前瞄一眼，立刻轉身拉兩個女兒加入這世紀奇景觀摩。原來是淨德將妮妮放在桌上，兩人就著熱門音樂大跳扭扭舞。裡頭的人跳得熱情奔放，外面的一疊人山也看得渾然忘我。

「我覺得你們應該趕快拿個攝影機把這難得的鏡頭拍下來。」

一句渾厚的男嗓音驚動了人山的平衡，前面的半堆人在唉聲中跌進了淨德的辦公室。可憐的大新被壓在最底下，等他狼狽的站起身，拍拍衣袖、調整好眼鏡，淨德已經抱著妮妮，臉上皮笑肉不笑的矗立在他面前。

「羅經理，請問你這是在做什麼啊？」

「呃……報告總經理，我……我是在塑造總經理親切、隨和的形象。」

「哦，形象啊。」淨德的眉毛挑得老高。「那你的意思是我既不親切也不隨和囉？」

淨德的心情好才會與人抬槓，所以大新繼續放心大膽的嬉皮笑臉。

「報告總經理，三小姐與兩位小公主駕到。」

見到兩位外甥女，淨德才露出真摯的笑容。

高律師看到淨德與三個小女生親熱的模樣，狐疑的眼光立刻掃向大新。

大新也不囉嗦，直接的說：「不要懷疑，他沒有戀童癖。」

高律師露出受傷的表情。「我沒想那麼多。只是很意外他會那麼喜歡小孩。」

淨德與外甥女打完冗長又親密的招呼後，走過來對高律師說：「難得在上班時間看到你。」

「我若不突擊檢查，還不知道你舞蹈跳得這麼好。」

淨德難得會有靦腆的時候：「人都有年少輕狂的時候嘛。」

「那你可比我幸運多了。」

「哦？家教很嚴？」

「那還好。只是我生長在鄉下，地方上的輿論壓力很大，左鄰右舍長輩們關愛的眼神就像監視器，會讓你不敢作怪。」

「難怪你這麼成功，原來是長輩們督導有方。」

「別取笑我了。」

「怎樣？有沒有時間喝杯下午茶？」

「因為目前還不夠成功，所以當然有時間。嗯……順便要知會你一件事。」

淨德意會到高律師猶豫的眼神，他看一眼妮妮，她正與淨心母女三人玩得不亦樂乎。於是他略為偏頭，無言的引導男士們至另一邊。「看你的表情這麼嚴肅，事情很嚴重？」

「目前還不清楚。我剛從劉前輩那兒過來，劉夫人說自從劉前輩中風後，昨天是第一次開口說話，可是卻一直重覆唸著你的名字。」

「我？」淨德霎著眼，不解的說：「劉伯伯雖然是我父親的好朋友，但我和他相處的時間並不多。會不會是……他想交代什麼，正好那個東西的音和我的名字很像？」

「不會的。劉夫人有問他是不是要找你，劉前輩有點頭說是。」

淨德看向大新，想徵詢他的意見。大新苦思了一下，只能想到一個線索。

「會不會和那兩億元有關？」

淨德嘆了一口氣。他對目前的物質生活非常滿意，根本不在乎那兩億元的去處，也不想煩心父親是如何用錢的。「如果那兩億元和我有關，為什麼我父親不直接告訴我？」

「我有一個想法。」高律師揮揮食指。「也許這件事令尊並不想讓家裡的人知道。」

高律師雖然沒有明說，但是三個人不約而同的想到方老太太。大新看淨德的神色黯淡，趕緊提出一個樂觀的想法。

「也許事情根本就很簡單。姨丈想做些慈善事業，例如蓋間養老院或孤兒院之類的。但是他一方面擔心家人反對，另一方面為善不欲人知，所以只好委託劉伯伯完成他的心願。可是劉伯伯現在生病了，所以他只好回頭找你來做了。」

這個解釋雖然合理，但是淨德卻無法認同。因為父親在家中一向極具權威性，沒有人會阻撓他想做的事。

一陣沉默後，高律師說：「無論如何，我請劉夫人隨時跟我聯絡劉前輩的最新狀況。」

三個男人談完話，走過去加入淑女們。

淨心說：「不是還有一位小帥哥嗎？」

淨德看看手錶。「他很有個性，堅持放學後要自己搭公車過來。」

正在說著，淨官正好很有禮貌的叩門走進來。淨心一看到他，整個人像是被電擊了一樣的抽痛。因為眼前的小男生簡直是淨德的翻版。雖然兩人的五官看不出有什麼關聯，可是那孤傲的氣質卻是如出一轍，一樣像是全身佈滿荊棘，喜歡獨自奮鬥的戰士。她心疼這麼小的孩子怎會有這麼多的哀愁。

「淨官來，我跟你介紹，這是我三姐。姐……，妳怎麼了？」

淨心蹙著眉頭凝神緊盯著淨官的臉，淨官被她看得不由自主的後退兩步，轉向淨德求助。淨德沒想到淨心會有如此無禮的舉止，略顯尷尬的拍拍淨官的肩頭。

「姐，有什麼不對嗎？」

「不……你……你們會不會覺得……我覺得這個孩子好面熟。」

淨官又偎近淨德一步。淨德明白他不想讓別人知道他打工的事，進一步瞭解他的家庭狀況。幸好大新開口了。

「像明星臉嗎？」

「是明星臉嗎？」淨心轉問兩個女兒，小女生們的回答是茫然的搖頭。

「姐，妳多心了。小孩子髮型、制服都一樣，每個看起來都差不多。」

淨心還是無法釋懷，不過她也明白自己的行為不當：「對不起，我太沒有禮貌了。請你原諒我好嗎？」

「阿姨，妳別這麼說。是我自己長得太大眾臉了。」

淨官磊落的態度讓淨心在瞬間就喜歡上他。「阿弟，他真是個好孩子。你的朋友果然不是泛泛之輩。」

「那還用說。」

淨德誇張的挺挺胸膛，倒是淨官被讚得害羞了。

※　※　※

孺人從事看護的工作收入比以前還好，可是因為剛搬家添購了不少的必需品，所以一直還沒有匯錢給淨德。

這一天她撥空到郵局，一路上想著她與莊長文之間的發展。每次想到他，孺人就會充滿罪惡感。不管莊長文對她多好，她總是提不起勁，心中隱隱覺得如果對他太熱絡，就好像背叛淨德一樣。她也時常提醒自己這種想法太荒謬了，畢竟她和淨德並沒有相戀。而且說不定他現在已經有了要好的女朋友了。

可是，她總是捨不得忘掉他。愛他嗎？除了感恩，她也無法明確的說出個所以然來。對他的感覺還是只有強烈的尊敬而已。

來到郵局，孺人取出淨德寫給她的號碼，她才發現這是個劃撥帳號。填好劃撥單送進窗口，不一會兒辦事先生又推還給她。

「小姐，妳這個帳號和戶名不合哦。」

孺人再對照一次，她並沒有寫錯號碼呀。她想不出錯在哪裡，辦事先生看出她的困境，好心的提醒她。

「那個帳號是屬於一家慈善機構的。」

「慈善機構？」

「對，是一個兒童福利基金會的。」

原來他一開始就沒打算要她還錢。孺人現在終於明白自己是愛他的，愛他冷傲外表下仁慈寬厚的本性。她突然好渴望在一天的疲憊之後，能依偎在他溫暖的胸膛，得到溫柔的安慰。

「小姐，妳要不要緊？」

辦事先生的關心，孺人才知道自己淚流滿面。她狼狽的抹抹臉，重新填寫一張劃撥單，將匯款人改成淨德的資料。

步出郵局，孺人覺得全身好溫暖、好實在，因為她確定心中充滿了對淨德的愛。

※　※　※

當淨德收到基金會寄來的收據時，有些百思不解。除了定期轉帳捐款之外，他什麼時候又另外捐了三萬元？

他想了想，難道……是她？這一陣子忙著照顧兩個孩子，他已經很久沒有想起她了。

她……糟糕，他竟然忘了她叫什麼名字。記得大新提過，她的名字是古代的女官名……。

第十章

淨心自從見過淨官兄妹倆後也迷上了他們，她一有空閒就往公司跑。這一天，妮妮不知怎的吵著要找媽媽。淨德使盡了所有哄騙的法寶，都無法安撫她的情緒。所以他一看見淨心，彷彿如獲大赦。

淨心帶妮妮到外面逛了一圈，回來時妮妮懷裡抱著一個精緻的布娃娃。淨心再次叮嚀她。

「妮妮，妳現在是媽咪了。媽咪不能哭哦。」

妮妮驕傲又自信的點點頭，乖乖的重覆新學到的句子：「媽咪不能哭哦。」然後就自個到沙發上和布偶玩起家家酒。

淨德佩服的說：「還是妳們女人有辦法。」

「所以你現在知道母親難為了吧。這個禮拜我要回去看看媽，順便找個東西。你有沒有興趣一起來？」

「找什麼東西？」

「我還不知道有沒有那個東西，如果我找到了一定第一個告訴你。」

「妳不是要引誘我才故意這麼說的吧？到時候可別隨便挖一個我小時候的玩具來濫什麼充數。」

「濫竽充數。絕對不會。」

「好吧。反正我也沒什麼事，洪小姐打電話來說她這個禮拜想和孩子們聚聚。」

「媽如果知道她是你不得已的選擇，不知道要多傷心。她唯一的兒子啊。」

面對淨心做中間人的為難，淨德只能認錯般的苦笑。

「不過，見到媽妳還是會替我說好話吧？」

※ ※ ※

休息日，孺人提了一袋本土番石榴去看望寶奶奶。兩人雖然不再是僱傭的關係，不過孺人也許是為了彌補自己沒有奶奶的遺憾，她一得閒就會去關心老人家。寶奶奶也樂得有個現成的乖孫女。

自從寶奶奶受傷住院後，她的媳婦便申請了一個外籍女傭。可是除了溝通不良以外，這位外傭還酷愛看電視，清潔工作做得很馬虎，煮菜也挑自己喜歡的口味。而寶奶奶最無法忍受的是多個不搭軋的外人在旁，渾身都不自在，但是為了不給媳婦增添煩惱，她都沉默的委屈著，只有孺人來了陪她說說話，她的心情才會好些。

「丫頭，妳人來我就很高興了。別老是大包小包的。」

「哪有大包小包的，只是一些土芭樂。賣的老闆說，這種土芭樂可以降血糖。」

孺人逕自到廚房洗水果，她每次來凡事都自己動手，愛偷懶的女傭早就溜回自己的房間了。

「我不喜歡吃這種土芭樂，這皮苦苦澀澀的。也真虧妳有心，現在像妳這年紀的年輕人，一有空就忙著談戀愛，哪有精神陪老人家蘑菇。」

寶奶奶邊說邊注意孺人的神情。她早就發覺每次一提到有關戀愛的事，孺人的表現一點也不像是身陷情網的人。雖然她知道新時代要尊重晚輩的隱私，但她實在不忍心看孺人總是多愁善感的樣子，衝動的想化解孺人的憂愁。

「丫頭，妳和莊先生近來怎麼樣啦？」

孺人嘆口大氣，低著頭無意識的仔細擦拭每一顆番石榴。她並不想提到他，因為她已經後悔與他交朋友。並不是莊長文對她不好，而是孺人一直無法克服心理障礙與他有更進一步的交往。每次一看到他試探被拒絕後那個無辜受傷的眼神，她就好自責。偏偏他又那麼有耐性，凡事順從她，使她無法狠心的提出分手。她認為一切都是她的錯，她不該利用他來忘記淨德。她應該無情的放他自由，不該耽誤他的幸福。對，她早該這麼做。這個星期天兩人有約，她要明確、悍然的拒絕他。

孺人遲遲不作聲，寶奶奶知道她沒有生氣，自顧自的往下說。

「我還記得我十七、八歲正在讀女中的時候，有一個時期強烈的覺得很自命不凡，認為自己此生一定會有不平凡的經歷。妳要知道，在我們那個時代可不是每個女孩家都能唸書的呀。可是因為時局不穩的關係，我書還沒讀夠，我父母就急急的把我許配給死去的老伴。我死都不肯哪。整天在家裡吵啊鬧的抗議，父母苦口婆心的勸我要踏實些，我也不聽。並不是我排斥婚姻，而是覺得我老伴太平凡了，沒有新思想、不懂得羅曼蒂克，配不上我。後來是我母親發狠了，拿刀逼我。如果我不從，她就要死在我面前。我能怎麼辦？別家新嫁娘哭是捨不得親娘，我哭是為自己悲慘的生活。結婚了以後我還是常常鬧脾氣，都是我老伴好性子的容忍我。一直到了我生孩子的時候，我老伴體貼的幫我坐月子，甚至幫我清洗女人家的髒東西，我才明白自己嫁了個好先生。」寶奶奶拉起孺人的手，和藹的輕拍兩下。「夢想雖然很美，但是平凡才實在呀。」

孺人瞭解寶奶奶建議的是一個平穩、安全的生活。可是，她不甘心。台灣這麼小、台北這麼小，為什麼她和淨德無法相遇？難道他們真的無緣？

※ ※ ※

星期天早上，孺人在母親樂觀其成的揮手下坐上莊長文的車子。

莊長文知道孺人不喜歡人多的鬧區，今天他準備帶她到山上散散步、呼吸新鮮空氣，順便野餐。

莊長文今天如常盡力的逗孺人開心。但他心裡有個計劃，成功與否關係著他以後的幸福。

孺人不知道他的心思，她也有自己的煩惱。今天一路上山來，兩旁矗立著各式各樣的高級別墅，她看了只能羨慕。像她這樣不擅交際的人，一定無法適應有錢人複雜的生活方式。既然如此她就該對淨德死心，專心的發展自己的人生。

莊長文真的很喜歡孺人，但孺人對他而言就像是開在池塘中央的白蓮花，安靜、閑雅，並且遠不可攀。無論他多麼努力，就是無法借助愛情的神力走過水面，接近池塘中央。雖然他知道孺人的家世也很平凡，可是她溫柔、書香的氣質讓他覺得自己好粗俗。即使如此，只要看著她，他就滿心喜悅。他不想放棄這種幸福感。但是他害怕這幸福是他自己一廂情願，因為他覺得孺人什麼都好，就是不解風情。可是從她每次拒絕的表情看來，她不是生性害羞，比較像是存心躲避他。

中午時間，莊長文打開他精心準備的野餐盒。他知道孺人喜歡吃丹麥麵包，所以他故意只買一小塊。果然孺人很自然的拿起丹麥麵包。莊長文假裝懊惱的大叫。

「哎呀，我真粗心。我自己也想吃，而我竟然只買一塊。」

孺人很自然的把手中的麵包讓給他，自己又隨便的拿了一個橘子檸檬口味的蛋糕。莊長文接下麵包，也接受自己即將失戀的事實。他原本是希望孺人會分一半給他，這才像是情侶會做的事，共享食物。事情已經很明顯，莊長文再也不能自我欺騙。他放下麵包，改挑一個巧克力酥。

孺人體貼的說：「你吃呀。這蛋糕的味道也很好，我吃這個就夠了。」

莊長文嘆口氣，懊惱中有一絲怨恨。「為什麼？我真不懂。」

「什麼？」孺人捏緊手中的蛋糕，感覺莊長文準備要說出絕情的話。

「妳說妳沒有交過男朋友，我相信。可是，妳跟我在一起，我總覺得妳都在看很遠的地方。好像有人在等妳，或者妳在等什麼人。是不是？」

孺人不知道要怎麼回答，面對同是不被愛的莊長文，她要怎麼告訴他，她只是相信時間可以治癒一切，她以為忘掉淨德很簡單。

「還是……妳只是不好意思拒絕我，所以才跟我交往？」

難道她對淨德的相思深得如此容易被人看穿嗎？孺人在心底對莊長文無聲的吶喊……

不，求求你，再給我一點時間，再對我好一點。思念的滋味太苦澀，我想忘了他，讓自己的心靈重新得到自由。我想重新主宰自己的靈魂，有個清醒的人生，不必為了日日思念愛人而過得渾渾沌沌的。

「既然妳都默認了，我也不要強人所難。」莊長文站起身，準備收拾東西打道回府。「我想我們就此……。」

孺人還需要一些時間來思考兩人未來的發展方向，現在莊長文突如其來的撒手，她反倒慌了。

「不，你誤會了。我只是想……你畢業後還要當兵，所以我希望我們能慢慢來，等再肯定一點……。」

「是嗎？太好了。」莊長文露出一個雨過天晴的大笑臉。「對不起，我並不是要強迫妳。只是，男人有時候也會缺乏安全感，需要比較明確的表示。」

孺人附和般的點點頭。

用完午餐，休息一會兒後，兩人又在附近走馬看花。這時莊長文直接牽起孺人的手，她也沒有再拒絕。不過孺人急著獨處，她不知道自己的選擇是否正確，她只想趕快躺在自己的床上，什麼都不想，讓腦袋一片空白。

莊長文看孺人滿臉的倦容，也沒有堅持，所以他們沒有等著看夕陽就下山了。

※　※　※

午餐時間剛過不久，淨德在自己的公寓神定氣閒的瀏覽運動周刊。他一點也不急著回家接受母親的疲勞轟炸，總是趕快結婚生子、要禮遇兩位大姐夫之類的。晚一點再回去喝下午茶就好了。

電話鈴聲響了。他猜是淨心打來催促他的，卻意外聽到高律師焦躁不安的聲音。

「太好了，你在家。出了一點……大狀況。」

「別急，慢慢來，我等你。」

「好，我十分鐘內到。」

高律師到達時，情緒還是沒有調適好，匆忙的打聲招呼就急著坐下拿出公文包裡所有的文件。淨德也感染了他的緊張氣息，沉默的接看他挑出來的一封信。這是方老先生生前健康狀況良好時親筆寫的，既可說是情書，也能稱是交代後事的家書，但是收信人卻是洪文玲。

淨德不發一語的看完之後，先是有些存疑，接著苦笑著輕描淡寫的說：「至少……我們終於知道那兩億元的下落了。」

高律師又傳給他一本方老先生與洪小姐母子們的生活照相本：「劉前輩今天早上清醒後，劉夫人就立刻通知我。當我告訴他，你們已經認識時，他很自責。因為令尊之所以託付給他，就是不希望你們知道這件事。」

「我父親這麼說？」

淨德不敢相信父親竟然這麼無情，要洪文玲母子們一輩子躲在暗處，無法抬頭挺胸。

高律師有些為難了，看淨德不豫的神色，他不知道自己說錯什麼了。

「嗯……是劉前輩這麼對我說的。」

面對這種事，淨德突然有一種被欺騙的感覺。是父親的性格還是自己的價值觀變了？

高律師試探的問：「有什麼不對嗎？」

淨德無法明白的搖搖頭。「這件事情很奇怪，而且這種處理方式完全不符合我父親的個性。我以為……我一直以為我父親是天底下最不可能有外遇的男人，現在卻……怎麼說……。」

高律師的上身傾向前，有些同情的問：「你是不是認為，如果連親人都無法信任，那人類還有什麼生存價值？」

淨德傻眼了。大新還敢批評他太過道貌岸然，這高律師比他嚴重多了。

他搔搔眉頭，盡量簡單的說：「我沒想到那麼嚴肅。不過我父親瞞著我這件事，我是有些難過，這表示他不信任我。還有，他雖然有錯在先，但是淨官和妮妮畢竟是我的親人，他怎麼能阻止我們團聚呢？」

「這部份我能理解，因為這牽涉到身後財產的利益問處。我知道你不在乎金錢，但是你一個人不能代表全家發言。還有就是令堂的顏面問題，她除了傷心以外，可能還得忍受一些親朋好友的閒言閒語。」

「我是氣我父親，他至少應該要讓我知道啊。」

高律師瞭解淨德的怒氣來源：「你生氣是因為你很喜歡淨官和妮妮，不忍讓他們受到委屈。如果今天你面對的是兩個被慣壞、惹人厭的孩子呢？」

「這……。」淨德被問得啞口無言。

高律師笑了笑：「對吧？人的情感是很微妙的。」

淨德舉手做投降狀：「好吧，我認罪，我承認自己是很主觀的人。只要是我喜歡的人，我可以為他做任何事。如果是我看不順眼的，花一毛錢我都嫌浪費。不過，想到我父親有我不瞭解的一面，我還是很介意。那種感覺像是突然發現你一直崇拜的偶像原來是個假人。」

「你也不必太感傷，很多人在經過了生活的磨練以後，性格都會有所改變，這也是人之常情嘛。」

「是啊，就像我的兩位大姐一樣，我小的時候她們也是很疼我，我現在怎麼也想不通她們是怎麼會變得自私自利、見錢眼開……。」

淨德的話被電話鈴聲打斷。他告歉一聲，先接電話。

「阿弟，發生了一件很不好的事。」

淨心嘆氣般的欲言又止，淨德已經明白了。

「那麼妳找到妳要的東西了？」

「原來你早就知道了？」

「不，高律師在這兒，他剛剛才告訴我的。其實我很高興淨官和妮妮是我的……。」

「先別說這個，你趕快過來一趟。剛才洪小姐和她的哥哥帶兩個小孩過來向媽要生活費。」

「什麼？」

「洪小姐一直求媽原諒她，可是她的哥哥貪心又霸道，說爸……說了好多難聽的話，後來洪小姐只好把她哥哥拉走。媽又生氣又難過，到現在還一直哭，我都勸不了。對了，你大概不知道洪小姐以前曾是爸的秘書吧？」

「我是很喜歡兩個孩子，對於洪小姐本身不太瞭解。」

「唉呀，糟糕，淨官。淨官他一定嚇壞了。大姐、二姐也在，一直對著他罵。可是他好勇敢，一點也不怕，還一直維護著他媽媽，他那倔強的樣子跟你小時候一模一樣。我想他現在一定很氣我們。」

「可惡。姐，妳再安撫媽一下。我現在馬上回去。」

淨德掛斷電話，高律師立刻體貼的告辭，他識趣的沒有干預淨德的家務事，職業修養讓他自然的保持中立。

淨德現在是心急如焚又一團混亂。他應該先回家處理事情，可是又想馬上去安慰淨官。他不希望淨官承受他經歷過的那種眾叛親離的椎心之痛。

淨德回到位於半山腰的高級住宅，母親已經停止哭泣了，卻恍若呆滯的不發一語。淨心靜靜的陪著她，只有兩位大姐仍是唯恐天下不亂的肆意謾罵。直到他走進客廳，兩位大姐才停止叫囂。但是臉上還是充滿不屑與憤恨之氣。淨德明白她們氣恨的不只是洪小姐母子們，另有一部份是針對自己削減了兩位大姐夫不當的福利。他不想與她們正面衝突，先問候母親。

「媽。」

這一叫，又把方老夫人的眼淚給喊出來了。

「阿德，你爸爸他竟然做出這種丟人現眼的事。」

母親傷心得說不下去，大女兒卻衝上前接話。

「媽，妳千萬不能這麼說，妳這一說豈不是等於承認那兩個來路不明的……。」淨德射過來的目光，嚇得她趕緊住口。

淨心將一直握在手中的照片遞給淨德，那是父親幼時與祖父母的全家福。照片中的父親大概十歲左右，五官與現在的淨官如同孿生兄弟。

母親用真絲手絹擦擦眼淚。「你看看這照片賴得掉嗎？我跟著你爸爸一直是盡心盡力，再苦再累也從不抱怨，結果他竟然做出這種對不起我的事。我絕不原諒他。」

淨心好言相勸：「媽，爸也知道妳的辛勞，所以總是人前人後的捧妳。而且，他有了新歡也沒有拋棄妳或虧待妳。他為了補償妳，每年妳的生日、你們的結婚紀念日，他都做足了面子讓妳風風光光的。我想，爸絕對不是故意要傷害妳，否則事情也不會隱藏這麼久。」

「對啦，媽。」二女兒也急著獻殷勤。「說來說去都是那個女人的錯。她也不想想當初妳對她多好，她竟然忘恩負義，妄想一步登天。爸生前不知被她拐了多少，現在她又利用孩子接近阿弟，根本是早有預謀。」

淨德按捺下心中的怒火，勉強用平靜的口氣解釋道：「妳們搞錯了。是我主動認識他們的，而且洪小姐從來沒有提過她與我們家的關係。」

「是啊。」淨心看母親比較心平氣和了，趕緊接著說：「她今天來只求我們照顧孩子，完全沒有想到她自己，她會隱瞞十幾年，也是尊重妳。妳們也看到了洪小姐的哥哥，以他的個性來說，我們家十幾年來平安無事，洪小姐為了安撫他一定受了很多委屈。還有兩個孩子，爸爸一定很少陪他們。」

方老夫人開始心軟了。可是兩個視錢如命的大女兒卻沒有那麼好說話，轉罵向自己的小妹。

「喂，妳有沒有搞錯啊？他們是來要錢的，是討債鬼耶。」

「可是孩子是無辜的，何況他們又那麼乖巧……。」

「妳瘋啦？我看妳是生不出兒子才會認為那個小鬼的行為叫乖。我想爸那兩億元一定是被他們騙走了，爸死還不到一年他們就已經花光了。現在我們被這種無底洞纏上了，以後還不知道要被坑多少。媽，對付這種死要錢的女人，最好的方法就是不要理她。一毛錢也不要給她。她秏不下去了，自然會去騙別人。媽，妳別忘了。妳自己的外孫那麼多，可別把錢浪費在……。」

「妳說夠了沒有？」淨德再也忍不住的大吼：「錢、錢、錢，妳的心裡就只有錢。妳身體裡的血是沒有溫度的嗎？難道妳一點也感受不到相同血液中的溫暖嗎？」他恨恨的說完就頭也不回的衝出去。

這是淨德從德國回來後第一次發脾氣。四個女人一時被他的怒氣嚇傻了，不知道要如何反應。

淨心聽到急煞車聲才如夢初醒的大叫家裡的傭人：「快，趕快攔下他，不然他會開快車。阿弟！」

但是淨德已經聽不到了。他急速的往山下行駛，心中充滿憤怒與難過。他怎麼會有這種勢利的家人？他需要一個東西來安慰這種悲傷失望的情緒，他需要……抓住一個……什麼來忘掉無情的家人。

噢！天哪。我的小女官，妳在哪裡？天可憐見，我多想緊緊的擁抱妳，用妳滿溢的溫情溫暖我受凍的靈魂。

淨德現在根本無法專心駕駛，他想著要回公司調出孺人的基本資料。他要找出她。他已經厭倦當所有人的支柱了，他想懶下來，靠向一個安全和藹的懷抱休息。

淨德一心往前衝，不停的超車，連轉彎也沒有減速。他在一個彎道大膽的超車，沒想到前車的彎度太大，兩輛車就擦撞上了。還好淨德只是碰斷了對方的後視鏡，但是莊長文可嚇壞了。撞壞了他父親的寶貝車，以後他都甭想再借來開了。他氣沖沖的下車準備理論。

這種狀況男人比較擅長處理，孺人自認幫不忙，就靜靜的坐在車裡等候。當她看到迎面走來的修長人影時，還以為是自己自作多情。她夢遊般的走到車外確認。

淨德先將車停到一處較為寬敞的空地，再折返回來向受害者道歉。孺人移動的身影吸引了他的目光，他遲鈍了一下，不敢置信的瞪大眼，然後大步的跨上前，無言激動的抱緊她。

孺人沒有回抱他，因為她被淨德痛苦無助的眼神嚇到了。她不懂，他怎麼會受傷？他不是堅強無敵的嗎？

淨德沉浸在美夢成真的喜悅中，完全忘了莊長文的存在。而莊長文尷尬的立在一旁，還以為他們是舊情人重逢。但是他注意到孺人迷惑、驚悸的表情，再加上淨德詢問孺人的名字，他便斷定孺人是受到色狼的騷擾。於是他像所有的雄性動物一般，上前兇悍的保護屬於自己的所有物。他粗魯的推開淨德。

「喂！你幹什麼？」

淨德短暫的美夢立刻煙消雲散。他來回打量莊長文與孺人，一個怒髮衝冠，一個面有愧色的垂下眼瞼，看來他是介入了一對情侶之間。有一剎那，他感到這世界似乎遺棄他了。但是很快的，他又恢復了多年訓練有成的冷靜。

「對不起，我認錯人了。」他掏出名片，誠懇的遞給莊長文。「這是我的名片，修車的帳單請寄給我。」

「不行。」莊長文故意裝出很老練的樣子，以免被對方看扁：「萬一你到時候不認帳，那我豈不虧大了。」

「那麼你認為怎麼處理比較好？」

「嗯……你身上有現金嗎？」

孺人別開臉，她覺得莊長文的表現令她好羞愧。

「多少？」

「嗯……算一萬塊好了，少的我自己補。」

孺人再回過頭，她沒想到莊長文竟然獅子大開口。而淨德沒有遲疑，動作乾脆的掏出皮夾付錢，然後說句抱歉的話就轉回到自己的車上。

莊長文似乎擔心淨德會後悔，催促孺人趕快上車離開，完全沒注意到她眼中對淨德的依依不捨。

「這個傢伙大概剛被拋棄了吧，居然在轉彎處超車。我隨便開個價要讓他殺，他竟然喜歡當冤大頭。可憐哪，人一失戀就什麼都不在乎了。不過看他開的車子應該是個有錢人。有錢人都比較無情，出國旅遊或開個派對馬上又可以交到一堆女朋友。」

莊長文沒有察覺到孺人不悅的臉色。他現在可得意了，自認有了女朋友，又剛在她面前表現出大男人的氣慨。「哼，他會失戀也是很正常的，做人太自私了嘛。心情一不好就在路上飆車，自己不想活也不顧別人的生死。像他……。」

「好了啦。」孺人不耐煩的打斷他。「你沒看到他似乎受到很大的打擊嗎？心情不好難免會做些衝動的傻事，我們不是平安無事嗎？更何況你實在不該跟人家拿那麼多的錢。」

即使繼續和莊長文交往，孺人永遠也不會忘記今天的事，她以後也無法敬重他。今天再見到淨德，看到他脆弱的一面，孺人知道此生不可能忘得了他。她會開始惦記著他是不是平安幸福，而不再只是單純的思念。

莊長文覺得被孺人羞辱了一頓，這樣子以後他要如何在她的面前展示男子氣慨？他羞赧的逼自己開口：「我真沒想到，這是妳第一次大聲跟我講話，卻是為了一個陌生人。」

孺人懶得解釋，她已經厭倦了，不想再跟自己的心意對抗。

第十一章

孺人他們離開後，淨德還佇立在車旁調整情緒。沒一會淨心就追上來了。

「阿弟，你還好吧？你把媽嚇壞了。啊？你的車怎麼了？你人要不要緊？」

淨心急切關心的神情，讓淨德有一種想哭的衝動。

「姐，還是妳最好，永遠都對我那麼好。」

淨德的眼神渙散，語氣疲憊不堪。淨心愛憐的輕拍他的臉頰。

「說什麼傻話。誰叫你是我弟弟，我不疼你我疼誰？無論如何，大姐、二姐和我們永遠都是一家人，所以不論好壞，永遠都要愛自家人。」

淨德覺得好累，他自認不夠幸福，沒有寬宏大量的愛心去包容兩位大姐。如果……有人支持他或許還做得到，可是她現在……，她的心已給了別人，他已成了多餘的人了。好累，又累又悶又氣，他需要發洩，需要找事做，需要……。不行，還不行，眼前大哥的責任逼他無法縱容自己的任性。

「我……我要去找洪小姐，妳要不要一起來？」

「嗯，也好。」

淨心印象中的洪文玲長得娟秀清麗，沒想到現在被癌症折磨成骨瘦如柴，有如風乾的老人。

姐弟倆被請進屋裡，淨官負氣的不肯打招呼，洪文玲抱歉又無奈的說：「對不起，都怪我不會處理事情，鬧得大家不愉快。」

淨德先開口：「是我太遲鈍了，沒有聽懂妳先前的暗示。但是妳為什麼不直接告訴我？」

洪文玲看看自己的兒子，淨官的眼裡充滿被親人遺棄的痛苦。她知道自己必需誠實的說出一切，否則他一定會抑鬱一生，以為自己是多餘的累贅。

「我和你們的父親雖然一開始是互相喜歡，但他很顧家，一直克制自己不敢對我有非分之想。是我太愛他了，所以主動的勾引他。事後他很懊悔，不過我向他保證，不管發生什麼事或遇到什麼困難絕不會去打擾你們。可是我沒想到自己竟然懷孕了，你們的爸爸知道了很高興。他本來打算先離婚再跟我結婚，給孩子一個正常的家庭。但是我認為那樣會把事情弄得太複雜了，萬一你們的母親不諒解，豈不是破壞了你們家原有的和諧。所以我堅持初衷，只要能跟他在一起，我就覺得很幸福了。他為了補償我，替我買了這間公寓，還幫我開了一家花店，另外每個月再給我十萬元做生活費。如果沒有我哥哥，我們的日子應該很充裕。但是他從小被我母親寵壞了，一向好逸惡勞，知道我和你們父親的關係後，他一直要找你們的父親理論。表面上是想替我討回公道，實際上是要勒索。我為了阻止他，也求他不要把真相告訴孩子，只好將每個月的十萬塊拿給他。我怕你們的父親會擔心，一直沒有把這件事告訴他，平日我也不敢太寒酸，以免他會起疑心，所以這些年來我幾乎沒有存款。後來你們的父親突然過世，剛好我又生病，一下子沒了收入，我便將房子拿去抵押，沒幾個月錢就用完了，我只好跟朋友借。我自己知道借了也不知道什麼時候才能還，所以只向一些比較要好的朋友各借一點點。兩個月前我實在沒錢再給我哥哥，他很生氣，不相信你們的父親會忘了替我們母子預留生活費。今天早上他來找我，他……。」洪文玲也是羞愧也是無奈的怨恨，至親的人竟然會是殺傷力最強的冤家。

淨官毫無感情的替母親把話說完：「他說我是私生子、是小雜種。」

淨心又驚又氣的倒抽一口氣；淨德則緊握拳頭。

洪文玲抖著手，扳過兒子的臉與他對視。「對不起，都是媽媽太自私了。可是我們真的很愛你和妮妮，這一點你絕對不能忘記。」

淨官一直都很相信母親，他也願意相信自己是父母愛的結晶，但是他永遠也無法忘記淨蘭和淨玉對他的侮辱，即使他是私生子，畢竟和她們是同父異母的姐弟啊，她們怎麼可以這麼無情。

淨德現在才知道是洪文玲的自我犧牲成就了他目前的幸福，他也欣慰是自己錯怪了父親，可是無辜的淨官卻已經失去了天真。如果父親曾經徵詢他的意見，他一定會體諒父親的苦衷，至少會盡力的保護弟妹。他以對大人的口氣跟淨官說：「身份、地位是人類制定的，只是為了維持秩序，並不能代表什麼。可是快樂和幸福卻是無法強迫與規定的。我是爸爸的婚生兒子，但是他很少對我笑，更不會變魔術給我看。」

淨官知道還有疼他的大哥和三姐，已經實屬幸運，現在生活發生這麼大的變故，他應該要懂事些，不該再任性的惹母親操心。「爸爸好笨，還沒有開始變，鴿子就飛出來了。」

大人們的心情終於放鬆了。淨德欣慰的輕捶小弟的肩膀：「爸爸沒有忘記你們，他確實為你們留了一筆錢，寄託在劉伯伯那裡，不巧他也中風生病了，所以才一直沒有把錢拿給你們。如果爸把事情交待給我，我絕不會讓你們受到那麼多的委屈。」

洪文玲看了自己兒子一眼，才對淨德說：「你爸並不是不信任你，他對你的感情非常矛盾。他跟我說過很多次，他這一生最大的遺憾就是對你太嚴厲，沒有好好陪你學習成長，所以他才會盡量的寵這兩個孩子。他很以你為榮，又覺得沒有資格做你的父親。他擔心你知道我們的事後，會瞧不起他、會氣他沒有先做好身教。」

淨德點點頭，接受洪文玲的好意：「他是做錯了一件事，卻有最好的結果。我真的很喜歡淨官和妮妮。妳應該一開始就對我坦白一切。」

「對不起，我不是故意要瞞你，因為我不想傷害你父親在你們心中的形象。今天無論我的處境多艱難，都是我自己選擇的，我不該破壞對你父親的承諾說出這一切。不過，我確實想過，經由你請你的母親承認這兩個孩子。沒想到你們母子之間有芥蒂，增加你的麻煩……。」

淨德舉手阻止她往下說：「等一等，妳誤會了。我和我母親並沒有不愉快，我只是不喜歡她老是嘮叨要我趕快結婚，還有盲目的寵信我的兩位大姐夫，造成我公事上的困擾。我知道我媽是關心我的，只是她用的是傳統的方式，而我喜歡有自己的想法。」

「是嗎？那就好。你母親是個好女人，以前她對我很好，我卻背叛她，難怪她會那麼生氣。」

「她才不好，她是個壞人。」淨官氣嘟嘟的說：「她的心腸好壞，她竟然說妳生病是活該。」

洪文玲氣若游絲的搖搖頭，淨心敏感的注意到她的精神消耗得很快。

「淨官，你一定要記住，媽媽這一輩子最得意的就是有你和妮妮。但是媽媽確實做錯了一些事，而最大的受害者就是哥哥的媽媽。你懂嗎？」她轉向淨心姐弟倆。「我不奢求他們以後能富貴一生，只希望你們能看在你們父親的面子上，幫我照顧他們兄妹倆平安長大。」

淨心才要說一些保證的話讓她安心，此時電話鈴恰好響了。洪文玲搖搖晃晃的起身接聽。

「喂……我是。……對不起，我只是想先把事情安排好。是……我知道……我……。」

洪文玲毫無預警的暈倒在地上，淨官緊張的衝上前，妮妮則嚇得號啕大哭。淨德溫柔的扶起她，尋找她的脈搏。淨心拿起電話，知道是醫院打來的，便請他們立刻派救護車過來。

※　※　※

洪文玲的病情惡化得很快。回醫院的第二天，她只能說些簡單的句子，看到孩子只是不住的流淚。淨心知道她不是怕死，而是捨不得孩子。妮妮還認真的說：「當媽咪不能哭哦。」一，她的天真無知更令洪文玲心疼。她不忍自己日漸萎縮的身體在妮妮幼小的心靈留下陰影，只好忍痛的拜託淨心別再帶妮妮到醫院，而淨官則堅持要陪母親走完人生的最後一段。洪文玲只要一清醒便不斷的向他道歉。

「對不起，媽媽對不起你……。」

「媽媽妳不要說，妳要趕快好起來……。」

淨官總是盡力的安慰母親，並且承諾會好好的照顧妮妮，順從淨德的安排。

另一方面淨德積極的與律師接洽，讓淨官和妮妮回歸方姓，也順利的取到孩子們的監護權。

方老夫人也在淨心柔性的勸說之下屈服，主動的向淨官示好。她放下身段到醫院，一看到洪文玲即將油盡燈枯的病容，先前怨恨的心情、準備責難的話立刻煙消雲散。她像是面對親人般的痛哭與不捨。

洪文玲在重新入院的第二個星期離開人世。淨德遵照她的意願將遺體火化，沒有舉行公開的儀式，僅是簡單的請個法師誦經，連洪先生也是到醫院找不到人才知道妹妹已經過世。他不甘心雙方輕易的和解，讓他沒有機會撈到任何好處。他衝到方家，誣賴方家是要煙滅方老先生始亂終棄的證據，才如此草率的處理他妹妹的後事。方老夫人原本還看在兩個孩子的份上，準備禮遇他，可是淨官卻認定是舅舅的懶惰害母親吃苦生病，他發下重誓今生不願與洪先生再有任何瓜葛。淨德雖然不贊同小孩子說重話，但體恤小弟剛逢母喪，只好盡量抽空陪他做他喜歡做的事。洪先生見沒人理睬他，便找了報社記者訴苦，吹噓自己如何辛苦的照顧妹妹及外甥；方老先生是如何的遊戲人間，見一個愛一個的。

淨德本來是不屑回應他，但是報紙沸沸揚揚的連載三天，內容也越來越離譜，活像豪門玩權弄勢的欺負人。他只好委託律師拿出書面證據向報社說明，並針對洪先生所做的誹謗保留法律追訴權。洪先生最後只能到學校拉攏淨官，淨德擔心他會傷害孩子，除了計劃送孩子們到美國過春節外，還請個保全警衛專程接送淨官上下學。

過了一陣子淨德找了個機會和淨官單獨談談。他雖然很瞧不起洪先生，但他畢竟是淨官的親舅舅，淨官必須學會寬恕，否則這會影響到他以後的人格發展。

淨德挑了個星期日早上，兄弟倆一同在看籃球轉播賽，廣告空檔時，他假裝不經意的提起。

「對了，淨官，你舅舅……有沒有結婚？」

淨官一邊吃零嘴一邊應得漫不經心：「有啊，我還有兩個表哥、一個表妹。」

「噢，那……你舅媽人好嗎？」

淨官的注意力還在零食上：「不好，她和我舅舅都很愛打牌，家裡都又髒又亂。」

這倒沒令淨德太意外。

「噢，那……你表哥、表妹好嗎？」

淨官停下嘴邊的動作，轉過頭認真的回答：「不好，每次他們來我們家就好像是來搶劫的，看到喜歡的玩具或零食都要，可是媽媽每次都說要讓他們。」

天哪，小孩子的玩具被搶是多麼痛苦的事，即使是淨德小的時候也沒有這種雅量。他皺眉捏鼻的想不出要如何為這大小都壞的一家子說情。

淨官省了他的麻煩：「大哥，你到底要說什麼？」

淨德坐直身，他一向不擅長說教，此時略顯緊張：「淨官，我也不喜歡你的舅舅，可是他永遠都會是你的舅舅。我們可以不要幫助他，但是不要恨他。你媽媽……連醫生也不敢說她為什麼會生病，所以不一定是你舅舅害了她。」

淨官只要想到舅舅一家心情就變壞，他常覺得因為有這種惹人厭的親戚而自卑。「他為什麼要當壞人？我為什麼會有這種丟人的親戚？」

淨德則是看到弟弟難過而難過。「你在學校有沒有學到做人要修身養性？」

淨官木然的點點頭。

「為什麼？」

「因為要做好人，不能做壞人。」

「你有沒有想過，為什麼有人願意做壞人？」

「嗯，因為他們自私、懶惰。還有……事情沒有順著他們的意。」

淨德肯定的點點頭：「我也是最近才體驗到的。人生有很多事是不能選擇也無法改變的，例如父母、兄弟姐妹、親戚、身體外貌等等，所以如果不喜歡他們，我們就要修身養性，試著調整自己去包容他們。我知道這樣做很難，但是恨他們只有讓自己難過，沒有實質上的意義。至於玩具嘛，可以再買的東西，我們不要太死心眼非要那個不可，因為世界一直在進步，每天都有更好更棒的東西出現，你說對不對？」

淨官雖然年紀小，但是不會被物慾所惑，他只想和舅舅一刀兩斷：「我才不在乎玩具怎樣，我恨舅舅是因為他傷了媽媽的心。有一次我偷看到舅舅向媽媽要錢，他走了以後，我怪媽媽不該一直順著他。媽媽說她也知道舅舅不對，可是他再壞，都是媽媽唯一的兄弟。媽媽雖然也很氣舅舅，但是聽到別人批評他，媽媽還是很難過。媽媽說因為他們是同一個父母生的，如果有人罵舅舅，媽媽也會覺得有一半是在罵她。」淨官終於忍不住的哭出來。「現在……媽媽不在了，我不要恨舅舅，我要忘記他們，永遠的忘記他們。」

淨德摟摟弟弟的肩頭。「對不起，都是我不好，我們不要再說這個了。」

淨官收收情緒，擦擦眼淚：「大哥，現在可以換我問你問題了嗎？」

淨德因為剛才的內疚而顯得很大方。「當然可以。」

「大哥，你為什麼還不交女朋友啊？」

「這……。」淨德不自在的抓抓耳朵。「因為我目前還沒有完全熟悉公司的業務，所以每天都很忙，而交女朋友也要花時間和她培養感情。但是我做事喜歡一件一件來，這樣才不會混亂，也不至於兩頭落空，我計劃等我能夠輕鬆處理公事的時候再說。那……交女朋友不急嘛，也不是說想交就會馬上遇到喜歡的女孩子啊。」

「噢。」淨官像個小大人似的托腮認真的思考。「我還是不太懂耶。萬一你的計劃還沒有達成，突然跑出一個你喜歡的女孩子怎麼辦？叫她等你嗎？」

淨德愣了一下，這有點像他和孺人的關係，但她會等他嗎？不，她已經有了男朋友了。淨德突然覺得心情好沉重。「不，我不能叫她等我，因為我不一定是最適合她的人。」

「那怎麼辦？」

「我想……我還是會以公司為重。你要知道，公司一旦出現問題會影響到很多家庭的幸福。我只能祈禱那個女孩子能瞭解我的心，不要有太多的要求。」

「我懂了，這就是抉擇。」

「什麼？」

「有一次我和同學約好了要去參加棒球簽名會，可是爸突然來了，我很想陪爸爸也想要一個簽名球。後來我的同學一直打電話來叫我，爸知道了告訴我要我自己決定，不管我選擇哪一個他都不會生氣。因為他說人生常常會碰到很難選擇的時候。我現在想，爸可能是在說他自己。」

淨德不知道父親的心裡有沒有後悔過，倒是他自己已經有點遺憾的感覺了。

他揉揉弟弟的頭髮。「你知道嗎？從某個角度來說，你是很幸福的。」

淨官想了想。「是不是爸爸很愛我？」

「答對了，聰明小子。咦？你怎麼會想要問我這個問題？」

淨官吐吐舌頭，做個事蹟敗露的鬼臉。「是大媽媽要我問的啦。」

淨德原本要生氣，後來一想難得母親和兩個孩子處得這麼好，氣也就消了。他只能無奈的搖搖頭，母親的關愛真是無孔不入。

第十二章

淨官與妮妮終於平安順利的啟程前往美國過寒假，淨德總算是放下心中的一塊大石。接著他便忙著處理公事，準備延長春節假期好多陪陪兩個孩子。他一股勁的批閱公文，還是大新提醒他下班時間到了。

「別忘了明晚的聚餐。」

「好。」淨德隨意的揮揮手，壓根兒沒空抬頭。

等他覺得眼睛有些酸澀時，已經十點了。他收拾東西走到地下停車場，看到自己專用的空車位才想起早上把車開到保養場，下午忘了開回來。他看了看手錶，估計保養場大概休息了。他上到地面，迎上一股強勁的冷風，年關近了，這幾天的低氣壓逼得人好想圍著家人吃麻辣火鍋。家人？他的嘴角不自覺的露出一個淡淡的微笑。今年多了個弟弟、妹妹，再加上與母親的感覺和諧多了，他突然回到童年時的情緒，好希望新年趕快來，今年他要盡興的和孩子們放鞭炮，玩它個熱熱鬧鬧的。

心情一好，他決定徒步走回公寓。半路上有對剛狂歡過的情侶撞上他，他還脫口用德語祝他們新年快樂。看著那對情侶旁若無人的背影，他心裡有些羨慕。愛情真好，讓人只眷戀眼前，忘了還有明天。沒有明天就沒有煩惱。如果她……，唉，算了，還奢望什麼，當初是他天真的以為她會等他，是他的冷淡將她推向別人。明知道她一定會回報自己的愛，卻不敢放心的付出，說是懦弱也是自私，只顧著保護自己而忘了她的感受，事到如今又怎能怪她不夠執著呢。

※　※　※

寶奶奶的親家在高雄，因為她的媳婦計劃在春節時帶孩子們出國玩，所以決定提前回娘家。而外籍女傭因為來了一些時日，也交到幾個同鄉朋友，便經常偷懶打電話聊天。有一次更是邊做事邊講無線電話，結果一分心就把寶奶奶的藥掃入垃圾桶丟掉，害王曉穎得趕到醫院掛急診拿藥。寶奶奶便趁此機會要媳婦辭掉女傭，王曉穎順從婆婆的意見，決定過年後再請個本國女傭，這個空檔自己就辛苦些，幸好還有孺人可以幫忙。

孺人受僱到府照顧寶奶奶一個星期，今天是最後一天了。自從和莊長文分手以後，她的心事變得比較單純，不用再擔心會不會傷害到別人或有沒有人愛，她希望自己的心能更堅強點，不要再輕易的被別人美好的故事所左右，她要創造屬於自己的故事。幸運的是她每天都有工作，明天開始就可以休息準備過年了。原本王曉穎夫妻倆和孩子們會在八點前到家，可是她在七點左右打電話給孺人說，在高速公路遇到連環大車禍，目前陷在車陣中動彈不得，孺人只好克盡職守的延後下班。這幾天寒流來襲，寶奶奶也顯得有些病懨懨，早早就寢了。王曉穎一家子進門時剛好十二點，大兒子睡眼惺忪的拖著行李箱，小女兒則趴睡在父親的肩膀上，兩個大人也是筋疲力盡，呵欠連連。

「真抱歉，耽誤妳這麼久，實在是塞車塞得太不像話了。來，這是我們高雄有名的煙燻鴨翅和鴨肫，還有這祝妳新年快樂。」王曉穎手忙腳亂的掏出一包滷味和一個紅包。

孺人擺擺手推辭：「不，寶奶奶已經給過我了。」

「那是她老人家疼妳，這是我們夫妻倆的一點心意。我們知道金錢很俗氣，我們只是希望妳明白我們夫妻倆真的很感激妳盡心盡力的陪我婆婆。」

「那是應該的，寶奶奶人好，而且我也不是做白工的。」

「我知道妳在扛家裡的擔子，我這點心意妳就買些自己喜歡的東西吧。來，我送妳回去。」

孺人知道王曉穎不是虛情假意的人，便大方的接受她的好意。「不用了，妳也很累了，我自己回去就行了。我有騎車，如果妳送我，我明天還得再來一趟。妳放心，我走的都是大馬路，很安全，不會有問題的。」

「那好吧，妳自己要小心一點。」

孺人心情愉快的走到停車場，她慢條斯理的戴手套，天氣冷想溫車溫久一點。她手套才戴好車子就熄火了，這才想起她一直忘了加油。她不好意思再去打擾王曉穎，只好走出停車場自己想辦法。她左右瞧瞧，她總是從右邊過來，那裡沒有加油站。左邊不知通往哪裡，她毫不猶豫的往前察看。走了大約三百公尺出了巷口，右邊有一家便利商店，左邊……。她猛然回頭，沒錯，這正是她曾經打工過的超商，那麼……。

她快步跑往左邊，果然是淨德住的公寓大樓。原來這麼近，她居然都沒發現到。她激動的上前抓住雕花大鐵門，貪婪的注視美侖美奐的中庭花園，彷彿想從中尋找有關淨德的氣息。他應該還沒睡吧？前一陣子報紙刊登的事一定很傷他的心，現在他的心情好些了嗎？她已經決定今生不會再愛別人了，如果……如果……。

天哪，我好想再見他一面，摸摸他的臉，看看他過得好不好。我真的好想好想他。神啊，求求祢大發慈悲，就許我一個願望吧。

「小姐？」

孺人大叫一聲，回過身。原來是警衛伯伯，他滿佈風霜的老臉，既關心又懷疑的上下打量孺人。

「小姐，妳要找什麼人嗎？」

「我……我……，不，我是經過這裡，看到這中庭花園好漂亮。」

「哦。」老先生露出一個與有榮焉的微笑。「那當然，這棟大樓可是得過建築獎的。我看妳像是個好孩子，要不要進來喝杯熱茶？我可以帶妳到院子裡走走。」

「不用了，太打擾您了。謝謝。」

孺人覺得自己好丟臉，只想趕快離開。她再次謝過老先生的好意，轉身要走……腳卻離不開。

淨德就在離她五公尺的地方怔怔的望著她，他驚訝孺人竟然孤單的在深夜徘徊。是為了他嗎？

而孺人也啞口無言，這是夢嗎？還是上帝終於可憐她的辛苦，知道她在努力做個好人？如果是夢，她要繼續下去，滿足自己所有的願望。她衝進淨德敞開的懷抱，好結實、好安全、好溫暖的胸膛，一定是天氣冷的關係，她才會捨不得放開。

淨德緊抱著放聲哭泣的孺人，心疼她得一個人獨自奮鬥。「別哭，我在這裡，我會永遠在這裡。」

兩人忘了旁邊還有一個看得笑嘻嘻的老伯伯，只想緊抓著對方來溫暖自己，永遠不放手。

接著孺人就像是喝醉酒一般，心情興奮卻又意識模糊，只知道自己好幸福、好幸福……。

※ ※ ※

淨德被淅瀝瀝的雨聲吵醒，雖然精神有些不濟，心情卻很好。經過了千山萬水，她還是他的人。這其間她一定曾經迷惘、掙扎過，不過從今而後他絕不會再讓她有猶豫的機會。

他輕輕的轉頭，就著微光打量孺人熟睡的臉，是那麼善良而毫無心機。他抬起手想感覺孺人細緻的臉頰，她卻在此時漾出一個幸福的笑容。淨德好整以暇的看她在睡夢中伸個懶腰，閉著眼睛咯咯笑。

「明賢，姐姐剛剛做了一個好好玩的夢，我夢到……。」

她睜開眼面對陌生的天花板，一時不知身在何處，待她轉頭看到淨德的笑臉，才意識到自己的赤裸。原來昨晚不是夢。她又驚又羞的急速往旁邊挪，淨德要出聲警告已經來不及了，她就這樣姿勢難看的摔下床，而且是一絲不掛。淨德立刻體貼的轉過頭，她趕緊狼狽的拉下被單裹住自己，這樣一來反而見識到淨德的男性美。她低呼一聲，整個人趴在地上不敢動。淨德不以為意，大方從容的穿上睡袍。

「妳要不要先沐浴？客房的浴室裡有全新的盥洗用具。我去做早餐。」

他一離開房間，孺人就全速的衝向隔壁客房。到底是有錢人，浴室既寬敞又明亮，甚至有一個放置各種沐浴用品的大櫃子，還有好幾盆盆栽植物，整個空間比她的臥室還要大。太過份了，為什麼他們的差距這麼大？

她走到盥洗臺，對著鏡子仔細的撫摸自己的身體，努力的回想昨晚的細節。昨晚不是夢，那接下來該怎麼辦？他會不會認為她是隨便的女孩？會不會怪她曾經三心二意？

她洗了一個有生以來最慢、最認真的澡，淨德早就做好兩份早餐在等她。她如履薄冰的入座，故意避開淨德的視線，低頭撥弄盤中的荷包蛋，一面猜想他為何遲遲不開口。是不是後悔昨晚的一時衝動？他一定是在考慮該如何補償、打發她。真是的，她為什麼會睡得那麼熟？她應該像小說中的女主角一樣，在黎明前飄然的離去，留下淒美的回憶，這樣就不會造成他的負擔。

淨德也知道她侷促不安，尚未適應兩人的新關係，事情發展得太快，他應該要先說些甜言蜜語安撫她才對，只是他實在不擅長賣弄口舌。此時雨已停了，天邊隱隱露著一彎彩虹。他笑了，因為想看彩虹是可遇而不可求的，他已經好幾年沒看到彩虹了。

他清清喉嚨：「西洋人說，彩虹是上帝送給人類的禮物。」

而妳是上帝送給我的禮物。不行，太肉麻了。他說不出口。他抓抓頭，如果大新在就好了。雖然平日有些受不了他的嘻皮笑臉，但現在他至少可以緩和尷尬的氣氛。

孺人看他窘迫的樣子，實在不忍心為難他。她認命的嘆口氣，體貼的說：「沒有關係的。」

「啊？」淨德愕然的抬起頭。

孺人垂下臉，盡力壓抑自己的眼淚。她不是覺得受委屈，而是不願離開他：「我……我已經是成年人了，你不需要為我負責。」

「等一等，」聽了這話，淨德反倒覺得受委屈。「妳以為……我只是要佔妳的便宜嗎？」

孺人不知道自己可不可以期待，她無辜的淚臉讓淨德慚愧自己好像是摧花辣手。

既然擠不出綿綿情話，只好用實際的行動證明：「妳今晚有空嗎？要不要一起吃晚餐？」

孺人有些不敢置信，她木然的點點頭。

「妳住哪裡？我去接妳。」

「不用了，我……我可以到公司附近的公園等你。」

孺人想到可以跟夢人情人約會，既緊張又興奮得臉頰熱烘烘的，她的心像是漲滿幸福的小皮球，不安份的亂蹦亂跳。

※　※　※

下午近六點，孺人站在街角冷得直打哆嗦。她忙了一個下午，翻箱倒櫃的就是找不出一套滿意的服裝。全是牛仔褲、襯衫、T恤之類的，一點浪漫的感覺都沒有，最後剩下這件灰色長裙看起來還可以，再配上白襯衫加紅色背心，總算差強人意。但是她的外套全是方便的機車夾克，實在不夠體面。唉，有個條件好的情人也很傷腦筋，所以她現在只好活該站在路旁挨凍。

準六點，淨德的車輕巧的停在她身邊。他身手俐落的下車為她開車門，孺人小心翼翼的落座，心裡有如小鹿亂跳的怦怦響。淨德回到駕駛座，拿起一杯玉米濃湯遞給她。孺人冰冷的小手一接過熱騰騰的濃湯，身體馬上暖和起來，隨著香濃的味道，嗆得她眼淚直下。

淨德立刻憂心的說：「是不是燙到手了？」

孺人又笑又哭的搖搖頭：「不是的。剛才我還一直冷得發抖，現在居然有又香又熱的湯可以喝，真是……有點太神奇了，我突然覺得自己好幸福、好幸福。」

孺人以為淨德一定會笑她傻氣，他卻偎向前吻了她。

「我就是喜歡妳的知足和純真。」

孺人被他的大膽嚇一跳。「你怎麼……現在是白天，這裡是街上耶。」

「管它的，又不犯法。」

淨德笑得很瀟灑，孺人這才注意到他笑起來好帥。她悲慘的發現，十個莊長文也比不上他。今生今世，只有他才能得到她的靈魂。

淨德含情脈脈的看著她。「在想什麼？」此時他的行動電話響了。「喂……，是，我現在就過去。我帶了一位朋友，……好，待會見。」他收起電話。「對不起，我忘了告訴妳，我今晚跟朋友約好了。妳願不願意陪我一塊去？」

「可以嗎？」

「放心吧，妳也認識的。」

車子行到一處高級住宅區，淨德停好車，從後車廂取出幾個大袋子。他熟稔的和警衛先生打招呼，孺人溫順的跟著他上十二樓。兩人雖然沒有交談，但是孺人很高興淨德一路都牽著她的手。

淨德按了門鈴，是一位國中生模樣的少年開的門。他一見淨德便很高興。「叔叔。」孺人還來不及瞄一眼裡面的情形，一個兩、三歲的小女生就跳到淨德的身上。「叔叔，你來了。我好想你喲。」

淨德抱著她打轉。「小紅莓，叔叔去幫妳買玩具啊。」

「我不喜歡玩具，我最喜歡你了。」

小女孩不忘獻上香吻證明，樂得淨德大笑不已。

「妳真是完全得到妳爸的真傳。」

小女孩的父親走過來了：「好傢伙，現在才來，該罰。咦，你的朋友呢？」

淨德回頭才知道孺人還站在外邊，他招招手，孺人才畏畏縮縮的上前。大新一看到她，像是突然中了頭獎般的興奮得不可自制，他激動的抱住孺人。

「我的天哪、我的天哪，真的是妳啊，真是太棒了。歡迎、歡迎。」

大新用洞悉一切的眼神來回打量他們兩人，她有些心虛且害羞的打招呼。

「羅經理好，好久不見了。」

「欸，叫羅經理多生疏啊。來，叫表哥，叫啊。」

孺人知道這一聲所代表的意義，她忸忸怩怩的不敢應答。淨德大方的拉攏她，向大新笑得齜牙咧嘴。

「表哥好、表哥好。」

「去、去、去，你的聲音早二十年前就聽膩了。」大新仍然鎖定孺人。「乖，叫啊。」

在場的客人大概平日裡難得有機會可以糗糗淨德，此時也跟著起鬨。

「叫表哥、叫表哥！」

孺人羞得躲在淨德的身後。客廳的叫囂聲把女主人從廚房引出來了。

「好了，男士們，把我的客人嚇跑了，我可要找你們要人。」

其中一位大聲回應：「美麗的大嫂妳早說嘛，我隨時都準備好為妳犧牲奉獻。」

「好，我記著。淨德，你不為我們介紹一下？」

淨德將孺人推向前。「這是我朋友，她叫……。」他的笑臉一下子僵住了，他竟然忘了再問她的名字。這下子好了，周圍的人都憋著笑，等著看他要如何下台。

他自嘲般的搖頭傻笑，孺人只好鼓起勇氣，尷尬的說：「你們好，我叫魯孺人，請多指教。」

大夥兒畢竟是好朋友，一起舉杯向孺人致意。「妳好、妳好，歡迎。」

羅太太馬上將孺人看成是自家人，親切的對她說：「我實在是笨手笨腳的，妳能不能到廚房來幫幫我？」

兩個女人才進廚房，客廳就爆出一陣哄堂大笑。

羅太太搖搖頭。「男人哪。妳幫我削水果好嗎？我要做水果三明治和拼盤。」

「好。」有事可做，讓孺人覺得比較自在些。

「我先生一定很高興，他從以前就常常誇妳。妳能跟淨德在一起真是太好了。」

孺人看大家對她這麼好、期望這麼高，心裡覺得受之有愧。「其實……我到現在還不太敢相信，好像在作夢一樣。」

「咦，為什麼？」

「因為他太好了，而我……我只是……。」

羅太太停下捲培根的動作，專心的對孺人說：「雖然淨德各方面的條件都很好，可是談戀愛並不是為了要選拔模範青年，不是只有條件優異的人才有資格談戀愛。有的時候，只要兩個人能夠真誠的互相關心就夠了。」

「可是……，我們兩個人相差太多了。距離太遙遠了，有時侯會覺得他很冷淡。我沒把握他會真的喜歡我。」孺人羞於承認，她認為淨德今天約她只是為了對昨晚的事負責，也許昨晚只是他的一時衝動。

「相信我，一個男人如果不喜歡妳，絕對不會把妳介紹給他的親朋好友。至於冷淡嘛，他的個性就是這樣子。科學進步有個壞處，人們不再迷信，所以胡亂承諾海誓山盟也不怕會遭到天打雷劈。淨德也許是在德國住太久了，他比較重實際，不喜歡刻意說些好聽的話來籠絡人心，其實他是很細心、體貼的人。和現在很多愛耍嘴皮、搞噱頭的人比起來，妳不覺得他默默的體貼更貼心、更難得嗎？」

孺人喜孜孜的點頭。

「我告訴妳一件事。我第一次看到淨德時，也以為他是無敵鐵金鋼，完全沒有缺點。那個時候他剛回國，中文成語非常差。我們本來也不知道，後來當大家在講雙關語的黃色笑話時，他總是一臉正經的處在狀況外，剛開始我們還以為他的個性很彆扭，人很難相處呢。還有啊，他不會說繞口令，不知道為什麼一說舌頭就打結，而且他唱歌真的是非常、非常難聽。也許我舉的例子不太恰當，反正我的意思是，如果妳要和他談戀愛，就不要去在意他的頭銜。一個人不管他是多麼位高權重，他總還是個凡人。妳需要什麼，他就需要什麼。妳一定要先看重自己，把自己放在和他平等的地位上，你們的愛情才會成功。再說妳應該知道，淨德不是勢利眼的人，妳會很幸福的喲。」

「嗯。」經過她的鼓勵，孺人心中的陰霾散開，她肯定的點點頭。

「嗯……妳會不會覺得我太多管閒事了？」

「不會、不會。其實我還不太瞭解他，謝謝妳告訴我這麼多，我聽了好安心。」

「淨德是很內歛、很謹慎的人，妳只要細心些，就會感覺到他的熱情。有時候愛情是藏在小事上或隨口說說就溜出來了。不要急，給他一點時間，妳自然就會知道他真的是很喜歡妳。來，妳試試這培根肉捲的味道如何？」

孺人小試一口：「嗯，很香，而且酸酸甜甜的，很好吃。」

「是嗎？那就好。」

兩人如同姐妹一般拉拉雜雜的閒話家常。沒多久，淨德抱著小姪女探頭進來。

「需要我幫忙嗎？」

羅太太知道這對情侶才剛起步，識趣的留給他們獨處的空間。

「小紅莓，來，幫媽媽把這三明治拿到客廳，這裡留給叔叔和阿姨。」

母女倆離開後，孺人看淨德的臉色很紅潤，顯然被朋友消遣得很徹底。

「妳還好吧？」

「嗯，羅太太人真好，手藝也很棒。」

「是啊，」淨德環顧周圍七、八道半成品的佳餚，不禁搖搖頭。「我表嫂是標準的熱心腸，沒事喜歡到處做義工。每次到這兒來吃飯，她都會把客人當成是剛從監牢裡放出來的一樣，準備了很多的食物，然後把客人撐得癱在沙發上動不了，她才會心滿意足。對了，待會兒她一定會問妳最喜歡哪一道菜，妳千萬別明白的說，否則妳以後來一定都會有那一道菜。」

原來還有以後。孺人喜不自勝的低頭偷笑，還是被淨德看到了。他自然又親暱的輕刮孺人的鼻頭。

「妳笑什麼？」

孺人摀著嘴搖搖頭，淨德也不勉強她。

「妳在做什麼？」

「切洋蔥，待會要配牛小排的。」

「我來，妳休息一下。這洋蔥要先浸水，去掉了辛辣味切起來才不會刺激眼睛。」

淨德的刀功純熟，一副新好男人的樣子。孺人已經開始有被寵愛的感覺了，她好想從後面用力的環抱淨德。

「對了，明天我得去美國。我答應我弟弟，要和他們一起過春節，所以沒有辦法陪妳，真抱歉。」

「沒關係。」

「我發現妳常在講這句話。」

淨德用充滿笑意的眼神凝望她，害孺人的心跳不由自主的加快。

「妳有沒有想要什麼？我從美國帶回來給妳。」

「我只要你一路順風。」

孺人的溫柔、貼心讓淨德覺得好滿足。以前他獨自一人時，偶爾會有種感覺，好像靈魂的一部份在外遊盪，所以常常會覺得心靈很空虛，現在他確定所有游離在外的精神都回來了，並且更加的豐富。

兩個人誰也沒有注意到身後的小人影，接著一聲稚嫩的尖嗓子響徹全屋。

「爸爸，你趕快來看，叔叔在玩親親。」

【全書完】

國家圖書館出版品預行編目

與我同心 / 蔡惠美著.-- 一版.-- 臺北市：
秀威資訊科技，2009.01
面； 公分. --(語言文學類；PG0220)

BOD版
ISBN 978-986-221-142-7（平裝）

857.7 97024098

BOD Books on Demand 語言文學類 PG0220

與我同心

作　　者 / 蔡惠美
發 行 人 / 宋政坤
執行編輯 / 黃姣潔
圖文排版 / 郭雅雯
封面設計 / 蕭玉蘋
數位轉譯 / 徐真玉　沈裕閔
圖書銷售 / 林怡君
法律顧問 / 毛國樑　律師
出版印製 / 秀威資訊科技股份有限公司
台北市內湖區瑞光路583巷25號1樓
電話：02-2657-9211　傳真：02-2657-9106
E-mail：service@showwe.com.tw
經 銷 商 / 紅螞蟻圖書有限公司
台北市內湖區舊宗路二段121巷28、32號4樓
電話：02-2795-3656　傳真：02-2795-4100
http://www.e-redant.com

2009年 1 月　BOD 一版
定價：230 元

讀　者　回　函　卡

感謝您購買本書，為提升服務品質，煩請填寫以下問卷，收到您的寶貴意見後，我們會仔細收藏記錄並回贈紀念品，謝謝！

1.您購買的書名：＿＿＿＿＿＿＿＿＿＿＿＿＿＿＿

2.您從何得知本書的消息？

☐網路書店　☐部落格　☐資料庫搜尋　☐書訊　☐電子報　☐書店

☐平面媒體　☐ 朋友推薦　☐網站推薦　☐其他＿＿＿＿＿

3.您對本書的評價：(請填代號　1.非常滿意 2.滿意 3.尚可 4.再改進)

封面設計＿＿　版面編排＿＿　內容＿＿　文/譯筆＿＿　價格＿＿

4.讀完書後您覺得：

☐很有收獲　☐有收獲　☐收獲不多　☐沒收獲

5.您會推薦本書給朋友嗎？

☐會　☐不會，為什麼？＿＿＿＿＿＿＿＿＿＿＿＿＿＿＿＿＿

6.其他寶貴的意見：＿＿＿＿＿＿＿＿＿＿＿＿＿＿＿＿＿＿＿

＿＿＿＿＿＿＿＿＿＿＿＿＿＿＿＿＿＿＿＿＿＿＿＿＿＿＿＿＿

＿＿＿＿＿＿＿＿＿＿＿＿＿＿＿＿＿＿＿＿＿＿＿＿＿＿＿＿＿

＿＿＿＿＿＿＿＿＿＿＿＿＿＿＿＿＿＿＿＿＿＿＿＿＿＿＿＿＿

讀者基本資料

姓名：＿＿＿＿＿＿＿＿＿＿　年齡：＿＿＿　性別：☐女 ☐男

聯絡電話：＿＿＿＿＿＿＿＿　E-mail：＿＿＿＿＿＿＿＿＿＿

地址：＿＿＿＿＿＿＿＿＿＿＿＿＿＿＿＿＿＿＿＿＿＿＿＿

學歷：☐高中(含)以下　☐高中　☐專科學校　☐大學

☐研究所(含)以上 ☐其他＿＿＿＿＿＿＿

職業：☐製造業 ☐金融業 ☐資訊業 ☐軍警 ☐傳播業 ☐自由業

☐服務業 ☐公務員 ☐教職　☐學生 ☐其他＿＿＿＿＿

請貼
郵票

To：114

台北市內湖區瑞光路 583 巷 25 號 1 樓

秀威資訊科技股份有限公司　　　收

寄件人姓名：

寄件人地址：□□□

(請沿線對摺寄回,謝謝!)

秀威與 BOD

BOD（Books On Demand）是數位出版的大趨勢，秀威資訊率先運用 POD 數位印刷設備來生產書籍，並提供作者全程數位出版服務，致使書籍產銷零庫存，知識傳承不絕版，目前已開闢以下書系：

一、BOD 學術著作—專業論述的閱讀延伸
二、BOD 個人著作—分享生命的心路歷程
三、BOD 旅遊著作—個人深度旅遊文學創作
四、BOD 大陸學者—大陸專業學者學術出版
五、POD 獨家經銷—數位產製的代發行書籍

BOD 秀威網路書店：www.showwe.com.tw
政府出版品網路書店：www.*gov*books.com.tw

永不絕版的故事・自己寫・永不休止的音符・自己唱